Diogenes Taschenbuch 24218

Lamettaleichen

*Kriminelle
Weihnachtsgeschichten*

*Ausgewählt von
Daniel Kampa*

Diogenes

Nachweis am
Schluss des Bandes
Umschlagzeichnung von Claude Kuhn
Copyright © Claude Kuhn

Originalausgabe

Alle Rechte an dieser Ausgabe vorbehalten
Copyright © 2012
Diogenes Verlag AG Zürich
www.diogenes.ch
250/12/44/1
ISBN 978 3 257 24218 8

Inhalt

Åke Edwardson	*Frohe Weihnachten* 7
Henry Slesar	*Tod eines Weihnachtsmanns* 45
Ingrid Noll	*Der Schneeball* 94
Andrea Maria Schenkel	*Lostage* 104
Simon Beckett	*Schneefall* 126
Sebastian Fitzek	*Der Frauenfänger* 137
Agatha Christie	*Aufregung an Weihnachten* 151
Friedrich Ani	*Die Geburt des Herrn J.* 180
Martin Walker	*Bruno und Knecht Ruprecht* 193
Anstelle eines Nachworts	
Donna Leon	*Commissario Brunettis Weihnachten* 235

Åke Edwardson

Frohe Weihnachten

ÜBERFALL AUF TRANSPORT 1 TAG VOR HEILIG-ABEND. Der Plan hatte gut ausgesehen. Als sie den Transport überfielen, hatten sie immer noch das Gefühl, dass es ein guter Plan war. Es war immer noch ein guter Plan. Nur die Jungs vom Wachdienst sahen ziemlich zugerichtet aus, als sie da auf der Straße lagen. Nicht, dass jemand stehen geblieben wäre und ihnen den Puls gefühlt hätte. Oder einen Druckverband angelegt.

Aber da waren sie schon auf der Flucht, um die Ecke rum und weg.

Jetzt waren sie unterwegs, raus aus der Stadt, raus aufs Land. Hinaus in die Dunkelheit. Die Dunkelheit war wie eine Wand, als die Straßenbeleuchtung ein Stück vor der Stadt aufhörte.

»Scheiße, Scheiße!«, schrie Göran Persson und hämmerte mit der Rechten aufs Steuer.

»Mal ganz ruhig«, sagte Fredrik Reinfeldt.

»Was hätten wir denn tun sollen«, sagte Lars Leijonborg.

»Was?«, sagte Göran Persson. »Haben die etwa auf sich selbst geschossen?«

Ein guter Plan. Den hatten sie in Göran Perssons Küche geschmiedet. Er hieß nicht Göran Persson, genauso wenig wie Fredrik Reinfeldt Fredrik Reinfeldt hieß oder Lars Leijonborg Lars Leijonborg. Aber Göran wollte es so. Er interessierte sich für Politik. Er war der Einzige am Tisch gewesen, der zur Wahl gegangen war. Er hatte Vorbilder. Leute, aus denen was geworden war.

»Mit Mister Blue, Mister Red und Mister Pink ist es aus«, hatte er gesagt und der Reihe nach auf alle gezeigt. »Du bist Mister Lars. Du bist Mister Fredrik, und ich bin Mister Göran.«

»Ich will aber nicht Mister Lars sein«, hatte Lars gesagt. »Kann ich nicht Mister Göran sein?«

»Halt's Maul«, hatte Mister Göran gesagt.

Sie fuhren durch die Dunkelheit. Alles war schwarz. Es lag kein Schnee. So ein Winter war das nicht. Aber auch in diesem Jahr würde es Weihnachten werden, ob mit oder ohne Schnee. Morgen war Heiligabend. Ihre Weihnachtsgeschenke hatten sie schon bekommen. Was heißt bekommen. Was man haben will, muss man sich nehmen. In dieser diebischen Gesellschaft bekommt man nichts umsonst.

Mister Lars starrte in die vorbeistürmende Dunkelheit. Obwohl natürlich sie es waren, die vorbeistürmten. So war es immer. Er war immer vorbeigestürmt, war nie stehen geblieben. Er war nie stehen geblieben, um ein Weihnachtsgeschenk in Empfang zu nehmen. Aber es hatte ja sowieso niemanden gegeben, der ihm ein verdammtes Weihnachtsgeschenk überreichen wollte. Man musste sich sein Weihnachtsgeschenk selber nehmen. Wie jetzt. Mindestens sechs Mille. Sechs Mille in einem schwarzen Müllsack. Schwarz wie die Nacht da draußen.

»Sind es sechs Mille?«, fragte Mister Fredrik plötzlich vom Rücksitz.

»Wenn du nicht einen Teil weggeschmissen hast«, antwortete Mister Göran.

Er saß über das Lenkrad gebeugt und erhöhte das Tempo. Sie begegneten nur wenigen Autos. Als hätten sie die Straße für uns frei gemacht, dachte Mister Lars. Irgendein Sinn steckt dahinter.

»Wir hatten ja noch keine Zeit zum Zählen«, sagte Mister Fredrik.

»Ich verlasse mich auf Miss Marita«, sagte Mister Göran.

Marita war der Deckname ihrer Kontaktperson im Wachdienst. Mister Lars hatte sie noch nie gesehen. Er war überzeugt, dass sie blond war. Sie wollte auch ihren Anteil haben. Den musste Mister

Göran von seinem Anteil der Beute hergeben. Doch das wusste er noch nicht. Es würde schwierig werden, ihm das beizubringen.

»Warum verdammt nochmal hast du auf den Scheißfahrer geschossen?«, fragte Mister Göran plötzlich und drehte sich für eine Sekunde zu Mister Fredrik um.

»Er hat doch mit seiner Pistole gefuchtelt!« Mister Fredrik beugte sich vor. »Hast du die Pistole nicht gesehen? Sah aus wie eine Bullenknarre. 'ne Walther oder so 'n Scheiß.«

»Du hättest sie ihm doch abnehmen können.« Mister Göran schlug wieder mit der Hand aufs Steuer. »Du hast dem Kerl deinen Colt doch direkt in die Visage gehalten.«

»Zum Glück«, sagte Mister Fredrik.

»Himmel«, sagte Mister Göran. »Und dann noch die beiden anderen.«

»Das war ich nicht«, sagte Mister Fredrik.

»Nein, nein, und was hätten wir auch machen sollen?«, sagte Mister Göran.

»Vielleicht kommen sie durch«, sagte Mister Lars.

»Na klar«, sagte Mister Göran, »und vielleicht kommt morgen der Weihnachtsmann.«

»Der war doch schon da.« Mister Fredrik kicherte.

»Vielleicht kommen sie trotzdem durch«, sagte Mister Lars. »Funktioniert das Radio in dieser Karre?«

Er streckte die Hand aus und drückte auf den Knopf, es kam aber nur ein statisches Brausen, als würde der Wind von draußen in einer Livesendung im Radio übertragen. Mister Lars drehte an dem Suchknopf. Es war ein altes Radio. Es war ein altes Auto. Mister Göran hatte es bei einem seiner alten Politikkumpel besorgt. So nannte er sie. Politikkumpel. Die meisten von ihnen hatte er im Knast kennengelernt.

Eigentlich hatten sie das Auto entsorgen wollen, aber das war nicht mehr aktuell. Jetzt kam es darauf an, so weit wie möglich und so schnell wie möglich zu entkommen. Unter den gegebenen Umständen konnten sie sich nicht in der Nähe herumdrücken. Nicht nach dem, was passiert war.

»…bei eirbfl aunwtrnsp wndnvk drwbrutal zsgsnwde getötet dttr kflnwntgst…«

»Kriegst du den Scheiß nicht besser rein?! Klingt wie das reinste Chinesisch«, sagte Mister Göran.

Mister Lars drehte an dem Knopf, vor und zurück. Einzelne Wörter und Sätze waren zu verstehen, ergaben aber keinen Sinn. Es klang, als würde jemand etwas vor dem Mikrofon zerreißen.

»Funktioniert nicht«, sagte Mister Lars.

»Ich glaub, die haben von einem Toten gesprochen«, sagte Mister Fredrik.

»Halt's Maul«, sagte Mister Göran.

Sie fuhren weiter. Mister Lars hatte das Gefühl, als würden sie durch einen langen Tunnel fahren, ohne das Licht am Ende zu sehen, zu dem sie unterwegs waren. Als gäbe es kein Ende, keinen Ausgang. Als säßen sie hier fest. Da gab es keine Lücke mehr. Er wusste, was zu sitzen hieß. Er hatte festgesessen, solange er sich erinnern konnte, sein ganzes Leben. Aber diesmal sollte es anders sein.

Der Kick, den er nach dem Überfall empfunden hatte, verflog jetzt. Als würde die Luft aus einem Ballon weichen. Er war zwar kein Ballon, aber das Gefühl stellte er sich so vor.

Wenn es bei einem Überfall krachte, war das Denken ausgeschaltet. Da kam es nur aufs Handeln an, und das musste ganz automatisch geschehen. Man musste handeln wie ein Schlafwandler, der alles richtig macht.

Einen Menschen erschoss man nicht automatisch. Das war nicht in Ordnung. Er hatte es noch nie getan, und er hoffte, dass er es auch jetzt nicht getan hatte. Die abgehackte Stimme im Radio hatte vermutlich von dem Fahrer gesprochen. Wenn der verdammte Mister Fredrik bloß Ruhe bewahrt hätte, dann wäre es nicht passiert. Nichts von all dem wäre passiert. Sie würden in der Wohnung sitzen und das Geld zählen, und die Wachmänner würden zu Hause sitzen und wären Helden, obwohl sie gar nichts getan hatten. Oder genau aus dem Grund, weil sie nichts getan hatten.

Aber der Fahrer hatte etwas tun wollen. Er wollte ein echter Held werden. Vielleicht war auch das automatisches Handeln gewesen.

Jetzt sahen sie einen schwachen Lichtschimmer am Himmel. Immer noch war um sie herum alles schwarz. Sie befanden sich in einer Einöde, die vor langer Zeit von den Menschen verlassen worden war. Sie hatten keine Wahl gehabt. Jetzt kamen hier nur noch Vereinzelte auf der Durchreise vorbei. Vertreter auf dem Weg von hier nach dort. Räuber. Vielleicht irgendein Politiker auf der Suche nach einer letzten Stimme. Mister Lars musste fast lächeln. Hier gab es nur tote Stimmen, weggezogene Stimmen. Vielleicht sahen Politiker in den Leuten nur Stimmen, so wie er sie nur als Überfallopfer sah. Tote Überfallopfer. Scheiße. Im Rückspiegel sah er Mister Fredriks Silhouette. Der Kerl war seine zwei Mille nicht wert, oder wie viel nun dabei herauskam, wenn sie gezählt hatten. War sie nicht wert. Nach dieser Tat würden sie für den Rest ihres Lebens Zurückhaltung üben müssen. Und das irgendwo anders, nicht in diesem Land. Aber er wollte nicht wegziehen. Irgendwie mochte er dies Scheißland. Den Wald, er mochte den Wald. Er mochte die

Seen, aus denen man einen Zander ziehen konnte. Eine Hütte. Nach dem Überfall hatte er sich eine Hütte in einem Wald an einem See anschaffen wollen. Dies hatte sein letztes Ding werden sollen. Dann hatte er in der Hütte bleiben wollen.

Jetzt musste er in ein fremdes Land. Er mochte das Fremde nicht. Öl im Essen, Sprachen, die man nicht verstand. Im Ausland wurde man auf der Stelle zum Idiot. Komische Gerüche. Überall Sand. Frauen, auf die man sich nicht verlassen konnte. Obwohl man sich auch hier nicht auf sie verlassen konnte.

»Da vorn ist eine Stadt oder so was«, sagte Mister Göran.

»Welche?«, fragte Mister Fredrik vom Rücksitz. »Welche Stadt?«

»Frag mich nicht«, antwortete Mister Göran. »In diesem Landesteil kenn ich mich nicht aus.«

Sie hatten es versäumt, vor dem Überfall ihre Schularbeiten in Geographie zu machen. Aber sie hatten ja auch nicht beabsichtigt, ihre Geographie zu verlassen. Die Wohnung, in der sie sich verstecken wollten, war nur wenige Kilometer vom Tatort entfernt. Vielleicht wartete Miss Marita dort immer noch auf sie. Mister Lars sah sie wieder vor sich, obwohl er sie noch nie gesehen hatte. Blond.

»Kann keine große Stadt sein«, sagte Mister Fredrik.

»Der Sprit ist fast alle«, sagte Mister Göran. »Da wird's ja wohl wenigstens eine Tankstelle geben.«

»Können wir es wagen anzuhalten?«, fragte Mister Fredrik.

»Idiot, möchtest du lieber laufen?«, sagte Mister Göran.

»Sag du nicht noch mal Idiot zu mir!«

»Halt's Maul«, sagte Mister Göran.

Mister Lars zeigte in Fahrtrichtung. Dort, wo die Straßenbeleuchtung begann, tauchte eine Tankstelle auf. Hier gab es noch keine Häuser, nur die Tankstelle. Sie war eingehüllt in einen grünen Schein wie von farbigem Nebel. Vielleicht war die Tankstelle die Stadt. Mister Lars dachte an die sogenannten Städte, die er in amerikanischen Filmen gesehen hatte. Dort gab es nur eine Tankstelle, vielleicht noch ein Lokal. Und Sand, massenhaft Sand. Sollte er nach Amerika gehen? Nein. In Asien lebte es sich billiger. Thailand. Vielleicht nach Thailand.

»Die ist geschlossen«, sagte Mister Fredrik, während er das Auto langsam in Richtung Zapfsäulen rollen ließ.

»Es gibt doch Automaten«, sagte Mister Göran.

»Hast du vielleicht einen Hunderter dabei?«, fragte Mister Fredrik. »Oder eine Kreditkarte?«

»Wir besitzen sechs Mille.« Mister Göran grinste.

»Etwa in Hundertern?«

»Wovon redest du eigentlich, Mister Fredrik?«

»Mit einem Tausender kann man nicht tanken«, sagte Mister Fredrik. »Der Automat nimmt nur Hunderter.«

»Hast du nicht wenigstens einen Hunderter, Mister Lars?«, fragte Mister Göran.

»Nein.«

»Mister Fredrik?«

»Ich hab einen Zehner in der Tasche. Das ist alles.«

»Besitzt hier jemand eine Kreditkarte?«, fragte Mister Göran.

Die beiden anderen schüttelten den Kopf.

Mister Lars konnte nicht an sich halten, er musste lachen.

»Hör auf«, sagte Mister Göran. »Das ist überhaupt nicht witzig.«

»Wenn es irgendwo in diesem Nest einen Laden gibt, der noch geöffnet hat, dann können wir wechseln«, sagte Mister Fredrik.

»Können wir das Risiko eingehen?«, fragte Mister Lars.

»Selbst wenn die Scheine gekennzeichnet sind, dann sind wir schon über alle Berge, ehe der Bauerntölpel an der Kasse das kapiert«, sagte Mister Göran.

»Daran hab ich gar nicht gedacht«, sagte Mister

Lars. »Ich dachte eher daran, dass wir erkannt werden.«

»Hier nicht«, sagte Mister Göran.

»Wieso bist du dir da so sicher?«

»Es liegt zu weit abseits.«

»Es gibt Radio. Und Fernsehen.«

»Niemand weiß, dass wir es waren.«

»Und Miss Marita? Warum hat sie nicht angerufen?«

»Damit die Bullen das Gespräch abfangen können? Wie wär's, wenn du mal ein bisschen mitdenken würdest, Mister Lars?«

»Wir wissen nicht, wo sie ist, oder? Wir wissen nicht, ob sie geschnappt worden ist.«

»Sie ist nicht geschnappt worden«, sagte Mister Göran.

Er startete mit quietschenden Reifen. Immer noch war ihnen kein anderes Auto begegnet. Ein Haus hatten sie allerdings auch noch nicht gesehen. Als sie sich der Stadtgrenze auf einen Kilometer genähert hatten, sahen sie das erste Haus. Es wirkte eher wie ein Schatten in all dem Schwarz. Die Straßenbeleuchtung verstärkte die Dunkelheit auf merkwürdige Weise. Als würde die künstliche Beleuchtung Nebel erzeugen, dachte Mister Lars.

Sie fuhren weiter, sahen noch ein Haus, eine ganze Reihe entlang der Straße. Über allen Häusern lag derselbe graue Schleier, als wären sie alle zur gleichen Zeit erbaut worden. Der Ort schien nur aus je einer Häuserzeile rechts und links der Straße zu bestehen.

»Was ist das denn für ein verdammtes Spuknest?«, fragte Mister Göran.

»Gibt es einen Marktplatz?«, sagte Mister Fredrik.

»In so einem Kaff ersetzt die Tankstelle den Marktplatz«, antwortete Mister Lars.

»Kannst du uns dann mal sagen, woher wir Sprit kriegen sollen?«

»Uns bleibt wohl nichts anderes übrig, als eine Karre zu klauen.«

»Und wo finden wir die, wenn ich fragen darf?« Mister Göran drehte sich zu Mister Lars um. »Siehst du vielleicht ein Auto, hä?«

»Ich seh nicht mal eine Garage«, sagte Mister Fredrik vom Rücksitz.

»Scheiße, Scheiße«, sagte Mister Göran. »Das Benzin kann jeden Moment alle sein.«

»Da ist ein Schild«, sagte Mister Lars.

Auf dem Schild hätte wer weiß was stehen können, aber auf dem gold leuchtenden Neongrund stand in schwarzen Lettern »ZIMMER«. Das Schild schien ein Stück entfernt von der Wand frei in der Luft zu hängen.

Als Mister Göran genau darunter bremste, sahen sie das Gebäude. Die letzten zweihundert Meter hatte sich das Auto nur noch vorwärts gehustet und gestottert. Jetzt war ihnen der Sprit wirklich ausgegangen.

Das Haus lag dreißig Meter entfernt von der Straße, teilweise von schwarzen Birken verdeckt. Es war stockdunkel.

Das einzige Licht kam von dem Schild und den Autoscheinwerfern. Das Haus war schwarz, genau wie die Birken. An der Fassade waren nicht einmal Fenster auszumachen. Keine Tür, keine Treppe.

»Das sieht ja sehr einladend aus«, sagte Mister Lars.

»Ihr wollt doch wohl nicht hierbleiben?«, sagte Mister Fredrik.

Mister Göran drehte sich um.

»Hast du einen besseren Vorschlag, Mister Fredrik?«

»Aber... hier können sie uns doch finden. Das Auto ist doch nicht zu übersehen.«

»Das schieben wir hinter die Bude«, sagte Mister Lars.

»Aber was, wenn wir hängenbleiben?«, sagte Mister Fredrik.

»Hängen wir denn nicht schon längst fest?«, sagte Mister Lars.

»Sieht geschlossen aus«, sagte Mister Fredrik.

»Das Schild ist doch erleuchtet«, sagte Mister Lars.

»Es leuchtet von selbst«, sagte Mister Fredrik. »Neonlicht. So was haben sie in den fünfziger Jahren hergestellt.«

»Was soll das Scheißgerede?«, sagte Mister Göran. »Wieso baumelt da ein Kabel am Schild?«

Mister Fredrik antwortete nicht.

»Vielleicht können wir ihnen ein paar Hunderter abnehmen.« Mister Göran blinzelte durch die Dunkelheit zum Haus. »Wir sind schließlich Diebe, oder?«

»Wenn die ein Radio haben oder einen Fernseher, haben wir schlechte Karten«, sagte Mister Fredrik.

»Warum sollten sie uns mit dem Überfall in Verbindung bringen?«, sagte Mister Göran. »Kommen hier etwa zum ersten Mal Vertreter vorbei, hä?«

»Auf dem Land sind die Leute misstrauisch«, sagte Mister Fredrik.

»Dann verrät uns deine Glatze.« Mister Göran zeigte auf Mister Fredriks blanken Schädel, der im Neonlicht glänzte. »Ich hab dir doch gesagt, du sollst dir ein Toupet klauen. Unter der Sturmhaube kann man sehen, ob jemand glatzköpfig ist.« Er grinste.

»Du hast ja auch nicht gerade tolle Haare«, sagte Mister Fredrik.

»Sollen wir anklopfen?«, fragte Mister Lars.

Sie klopften an, sie klingelten, sie hämmerten gegen die Tür. Sie machten alle drei gleichzeitig einen Schritt rückwärts und schauten an der Fassade hinauf, aber es blieb still und dunkel.

»Was ist hier verdammt noch mal los?«, sagte Mister Göran. »Ist das nun eine Pension oder nicht?«

»Vielleicht sind sie verreist«, sagte Mister Fredrik.

»Soll das ein Witz sein?«

Mister Fredrik antwortete nicht. Er starrte weiter am Haus hinauf.

»Licht!«, rief er plötzlich. »Da!« Er zeigte nach oben. »Im zweiten Stock.«

Alle drei sahen hinauf.

»Ich seh nichts«, sagte Mister Lars.

»Jetzt ist es weg«, sagte Mister Fredrik.

»War wohl das Schild«, sagte Mister Lars und drehte sich um. Das Neonschild schwang im Wind hin und her. Die Schwingungen des gelben Lichts blieben wie ein verschwommener Strich in der Dunkelheit hängen. Das Schild spiegelte sich in dem Fenster. Mister Lars sah das geparkte Auto unter dem Schild. Was heißt geparkt, das Auto hatte sich selbst dort abgestellt. Ein wertloser Haufen Blech, Plastik und Glas. Es könnte genauso gut auf einem Feld im Mittelalter stehen. Mister Lars sah sich um. Dies hier könnte genauso gut das Mittelalter sein. Als hätte die Zeit sich rückwärts verzogen. Hier war in siebenhundert Jahren nichts Neues hinzugekommen, abgesehen von der Tankstelle, aber die wäre im Mittelalter nicht besonders nützlich gewesen. Wenn sie von hier wegwollten, müssten sie Pferde benutzen. Aber hier gab es keine Pferde. Vielleicht morgen, wenn es hell wurde; ein paar Reitpferde auf einer Weide. Aber das Tageslicht würde ihnen auch nicht helfen, nicht mal morgen, obwohl Heiligabend war. Die Hohezeit des Lichts. Mister Lars sah auf seine Armbanduhr. Sie zeigte zwei Minuten nach Mitternacht. Heiligabend war angebrochen.

»Wir hauen ab«, sagte Mister Fredrik. »Hier ist es mir nicht geheuer.«

»Und wohin, wenn ich fragen darf?«, sagte Mister Göran. »Und wie, wenn ich fragen darf?«

Mister Fredrik antwortete nicht.

Über ihnen flammte ein Licht auf.

Die Tür wurde geöffnet.

Die Gestalt in der Tür war eine Silhouette vor dem schwachen Lichtschein aus dem Flur. Eine sehr kleine Silhouette. Sie mussten nach unten gucken, um sie zu sehen.

»Ja? Was gibt es?«

Es war die Stimme einer Frau. Die Stimme klang alt. Uralt, dachte Mister Lars. Siebenhundert Jahre alt.

»Wir haben das Schild gesehen«, sagte Mister Göran.

»Ja?«

»Dies ist doch eine Pension?«

»Ja«, antwortete die Frau.

»Uns ist das Benzin ausgegangen«, sagte Mister Göran.

Mister Lars fiel der höfliche Tonfall auf. Den hatte er schon öfter gehört. Mister Göran besaß die Fähigkeit, nett zu wirken, obwohl er das keineswegs war. Er hätte einen hervorragenden Politiker abgegeben.

»Wir müssen tanken, haben aber keine Hunderter«, fuhr Mister Göran fort. »Wäre es möglich, dass Sie uns Geld wechseln? Wir haben nur … äh … einen Tausender.« Mister Göran beugte sich etwas tiefer über die Gestalt. »Wir haben es ziemlich eilig. Es ist ja Weihnachten und so. Uns kommt es auch nicht drauf an, dass Sie genau wechseln. Für ein paar Hunderter kriegen Sie einen Tausender.«

»Donnerwetter«, sagte die Frau. Jetzt konnte Mister Lars ihr Gesicht erkennen. »Also wirklich, sehr großzügig. Aber ich habe keine Kasse im Haus.« Sie schien zu lächeln, vielleicht waren es auch nur Schattenspiele in dem runzligen Gesicht. Selbst das Gesicht wirkte wie aus dem Mittelalter, wie Gesichter, die Mister Lars auf Bildern in den Büchern gesehen hatte, die er ausgeliehen hatte, wenn er im Gefängnis saß – die einzige Gelegenheit, zu der er Zeit zum Lesen und Bilderanschauen hatte. »Ich hab schon lange keine Kasse mehr im Haus.«

»Sie haben nicht zufällig einen Hunderter bei sich?«, fragte Mister Göran.

Er sah die anderen an, als erwarte er ihre stumme Erlaubnis, die Tante niederzuschlagen und nachzusehen, ob sie einen Hunderter einstecken hatte.

»Wenn es so wäre, hätte ich Ihnen gern das Geld gewechselt.« Die Frau lächelte wieder.

Sie schien keine Angst zu haben. Vielleicht war sie verwirrt. Oder sie war einfach daran gewöhnt, dass es nachts an ihrer Tür klingelte. Es handelte sich ja immerhin um eine Art Hotel. Mister Lars hatte den Eindruck, dass sie keine Nachrichten im Fernsehen mitbekommen hatte.

»Haben Sie noch mehr Gäste?«, fragte Mister Göran.

»Schon lange nicht mehr«, antwortete sie, »die Saison ist vorbei.«

»Die Stadt wirkt verlassen«, sagte Mister Fredrik.

»Da ist was dran, hier wohnen nicht mehr viele«, sagte sie.

»Soweit ich sehe, gibt es niemanden im Ort, der heute wacht«, sagte Mister Fredrik.

»Was?«, sagte Mister Göran.

»Morgen ist doch Heiligabend«, sagte Mister Fredrik.

»Heute ist Heiligabend«, sagte Mister Lars.

Er lag im Bett und lauschte auf Geräusche. Es gab keine. Der Ort war von innen genauso still und verschlossen, wie er von außen gewirkt hatte.

Die Alte war ihnen vorangeschlurft und hatte Licht gemacht, das aber nicht viel brachte. Sie hatten jeder ein Zimmer an einem Korridor im Erdgeschoss bekommen.

»Um acht gibt es Frühstück«, hatte sie gesagt, als sie noch alle im Flur standen.

»Vielen Dank.« Mister Göran hatte sich verneigt.

Danach waren sie wieder hinausgegangen und hatten das Auto hinter das Haus geschoben, außer Sichtweite von der Straße. Sie hatten es vor der Kellertreppe stehen lassen.

Mister Göran hatte den Müllsack mit dem Geld vom Rücksitz gehoben. »Jetzt kann ich nur hoffen, dass niemand auf die Idee kommt, sein Handy zu benutzen, bevor alles vorbei ist.« Er warf sich den Müllsack über die Schulter und ging aufs Haus zu. Er sah aus wie eine Imitation des Weihnachtsmannes.

»Wo willst du damit hin?«, fragte Mister Fredrik.

Mister Göran blieb stehen, den Sack auf dem Rücken.

»Willst du den etwa im Auto lassen, Mister Fredrik?«

»Du kannst dir doch nicht einfach das Geld nehmen.«

Mister Göran ließ den Sack fallen. Der schien schwer aufzuprallen. »Bitte sehr, dann trag ihn doch selbst, du Idiot. Wir müssen das Zeug ins Haus schaffen, oder nicht?«

»Ich will die Knete sofort aufteilen«, sagte Mister Fredrik.

»Hier?«, fragte Mister Lars.

»Sobald wir drinnen sind«, sagte Mister Fredrik.

»Wir machen es in meinem Zimmer«, sagte Mister Lars.

»Ich schlage vor, wir losen«, sagte Mister Fredrik.

Das Los fiel jedenfalls auf Mister Lars. Das macht wahrscheinlich keinen Unterschied, dachte er, die Zimmer der anderen sind bestimmt gleich. Gleich deprimierend eingerichtet, die gleichen ausgeblichenen Tapeten. Rot. Warum sind die Tapeten in solchen Absteigen immer rot?

Sie saßen auf dem Fußboden und wollten das Geld zählen. Es gab nur einen kleinen Nachttisch und einen Stuhl im Zimmer. Auf dem Fußboden zählte es sich besser. Mister Fredrik hatte vorgeschlagen, alle Geldscheinpakete zu öffnen, aber Mister Lars und Mister Göran hatten das abgelehnt. Mister Göran hatte demonstriert, wie schnell man die Bündel durchblättern konnte, um zu kontrollieren, dass es Geld und kein Zeitungspapier war. Mister Fredrik war zwar von Natur aus misstrauisch, aber auch für ihn gab es Grenzen.

Mister Lars hatte immer noch keine Nachrichten, von niemandem. Er sah auf die Uhr. Jetzt war es fast eins. Mitternacht, dachte er. In sechs, sieben Stunden mussten sie hier weg sein und sich dann an der nächstbesten Stelle trennen. Jeder würde seiner Wege gehen. Er wusste, dass sie sich nie mehr wiedersehen würden. Den Wunsch verspürte auch keiner von ihnen. Diese Branche eignete sich nicht für beständige Freundschaften. Mit Mister Göran hatte er schon mal ein paar Dinger gedreht, aber Mister Fredrik war zum ersten Mal dabei. Er warf einen Blick auf Mister Fredrik, der vollkommen im Geld versunken zu sein schien, bildlich und buchstäblich. Er war ein nervöser Typ, das kam nicht nur vom Misstrauen. Wäre Mister Fredrik nicht gewesen, müssten sie jetzt nicht hier sitzen. Mister Lars war sich nicht sicher, dass sie heil aus der Sache rauskommen würden, nicht alle. Es gehörte sich einfach nicht, Leute zu erschießen. Er trauerte nicht um die Wachleute, das nicht, es war jedoch in jeder Beziehung unpassend, Leute bei Ausübung ihrer Arbeit zu erschießen. Sein Job brachte es mit sich, dass er hin und wieder unbequemen Situationen ausgesetzt war, aber Schießen gehörte nicht dazu. Es galt, Ruhe zu bewahren. Mister Fredrik hatte nicht die Ruhe bewahrt. Vielleicht verfügte er über gar keine Ruhe, die er bewahren könnte. Jetzt wollte er sein Geld bewahren. Mister Lars war nicht ganz sicher, ob es überhaupt noch Mister Fredriks Geld war. Er müsste eigentlich für das bezahlen, was er getan hatte. Ein Bußgeld. Das Problem war nur, wie man ihm das beibringen sollte.

Mister Göran streckte eine Hand nach dem Geldhaufen aus.

»Drei Haufen«, sagte Mister Lars.

Er sah, wie Mister Görans knochige, eckige Hand über dem Geldhaufen wie ein urzeitlicher fliegender Drache schwebte. Der hatte einen besonderen Namen. Den Namen hatte Mister Lars vergessen. Er hatte ihn in einem Buch gelesen, in welchem Gefängnis war das noch gewesen? Es hatte da auch ein Bild von dem Drachen gegeben. Er sah genau so aus wie Mister Görans Hand.

»Was zum Teufel redest du da?« Mister Göran zog die Hand zurück.

»Wir sind zu dritt, also werden es drei Haufen«, sagte Mister Lars.

»Miss Marita muss auch einen Anteil kriegen«, sagte Mister Göran.

»Dann musst du ihr was von deinem abgeben«, sagte Mister Lars.

»Ihr Risiko war genauso groß wie unsers«, sagte Mister Göran.

»Es ist deine Schnecke«, sagte Mister Lars. »Also musst du deinen Anteil der Beute mit ihr teilen.«

»Genau«, sagte Mister Fredrik.

»Versucht doch mal, mich zurückzuhalten.« Mister Göran streckte wieder die Hand nach dem Geld aus.

Mister Fredrik streckte die Hand nach seinem Colt aus, den er in einem Holster unter dem Arm trug. Er hob die Waffe und drückte sie Mister Göran an die Stirn.

»Ich glaube, du hast dich ein bisschen zu sehr daran gewöhnt zu bestimmen, Mister Göran Persson«, sagte er. »Manchmal solltest du auch anderen zuhören.«

Mister Görans Hand hing wieder über dem Geldhaufen. Seinen Augen war abzulesen, dass ihm die Möglichkeit bewusst war, in der nächsten Sekunde ein drittes Auge auf der Stirn haben zu können, das ihn aber längst nicht dreimal so gut sehen lassen würde. Im Augenblick hatte er an nichts anderes zu denken als an drei Haufen.

»Ja, okay, okay.« Er zog die Hand wieder zurück.

»So was nennt man Aufteilungspolitik«, sagte Mister Lars.

»Was? Wie?«, sagte Mister Göran.

»Aufteilungspolitik. Hab ich gelesen, als ich in Säter gesessen habe.«

»Wenn du noch öfter brummen musst, wirst du noch Professor«, sagte Mister Göran.

»Oder Staatsminister«, sagte Mister Fredrik.

»Mir genügt es, wenn ich Steuerflüchtiger werde«, sagte Mister Lars. »Wollen wir jetzt endlich anfangen zu zählen?«

Sie zählten, sie zählten bis tief in die Nacht zum Heiligen Abend. Es war nichts weiter zu hören als das trockene wunderbare Rascheln von aneinanderreibenden Geldscheinen.

Mister Fredrik bestand anfangs darauf, Schein für Schein zu zählen, gab jedoch bald auf.

»Ich hab hier zwei Millionen«, sagte er schließlich. »Zwei Millionen zweihunderttausend.«

Mister Göran war auch fertig. »Genau drei Millionen dreihunderttausend.«

Mister Lars schaute auf. »Ich komme auf drei Mille. Plus hunderttausend.«

»Hat einer von euch vielleicht einen Hunderter gefunden?«, fragte Mister Fredrik.

»Das hätten wir doch wohl gesagt, oder?«, sagte Mister Göran.

»Acht Millionen sechshunderttausend«, sagte Mister Lars.

»Frohe Weihnachten!«, sagte Mister Fredrik.

»Was macht das durch drei?«, fragte Mister Göran.

»Satte zwei Millionen achthundertsiebenundsechzigtausend.« Mister Lars schaute von seinem Notizbuch auf. »Ich kann auf einen Tausender verzichten.« Er sah Mister Göran an. »Den kannst du Miss Marita geben.«

»Die wird sich aber freuen«, sagte Mister Göran, ohne zu lächeln.

»Genau das sollten wir jetzt tun«, sagte Mister Fredrik, »uns freuen. Jetzt guckt doch nicht so miesepetrig. Wir sollen uns freuen! Wir können uns alles leisten!«

Ihm schien erst jetzt der Wert des Papiers, das zu seinen Füßen lag, bewusst geworden zu sein.

»Wir kommen hier nicht weg«, sagte Mister Göran. »Das ist das Einzige, was ich im Augenblick will, hier weg.«

Mister Fredrik stand auf, verzog das Gesicht, ging zum Fenster, hob den Vorhang und schaute hinaus.

»Es hat angefangen zu schneien«, sagte er.

»Perfekt«, sagte Mister Göran. »Das hat uns grade noch gefehlt.«

»Spielt doch keine Rolle«, sagte Mister Fredrik. »In ein paar Stunden sind wir weg. Tankstellen öffnen früh.«

»Wir sollten versuchen, diese Stunden zu schlafen.« Mister Lars stand ebenfalls auf. Er verzog das Gesicht wie Mister Fredrik. Er hatte Rückenschmerzen, die Hüften, Beine und Füße taten ihm weh. Er war es nicht gewohnt, auf dem Fußboden zu sitzen. Das hatte er nicht mehr getan, seit er Kind gewesen war, und er hatte vergessen, wie es war, Kind zu sein.

Mister Lars drehte den Schlüssel zweimal herum, schob einen Stuhl vor die Tür, steckte das Geld unter die Matratze und legte sich mit dem Revolver neben dem Kopfkissen schlafen.

Einmal wurde er von einem Geräusch wach, vielleicht war etwas heruntergefallen. Er ging ans Fenster und sah hinaus. Die Fensterscheibe war streifig von Nässe und Schnee. Der Schnee fiel dicht und bedeckte schon die Erde. Alles war ein wenig heller geworden, als hätte jemand die Lichtstärke der Straßenbeleuchtung erhöht, weil Weihnachten war. Das Schild konnte er nicht sehen, als wäre es nie da gewesen. Es war nicht zu erkennen, wie hoch der Schnee lag, aber in den nächsten Stunden würde es wohl kaum weniger werden. Mister Lars schaute auf die Uhr. Halb fünf. Vielleicht öffnete die Tankstelle schon um halb sechs oder halb sieben. Er hörte noch einen Aufprall und sah, wie Schnee vom Dach rutschte. Der Schnee pappte schon zusammen.

Er ging über den kalten Fußboden zurück zum Bett und setzte sich darauf. Es war sinnlos, jetzt noch schlafen zu wollen. Er musste einfach abwarten. Er spürte die Unebenheiten im Bett. Es waren seine eigenen Unebenheiten. Die wollte er nicht hergeben. Er wusste, dass Mister Göran keine Sekunde zögern würde, wenn er eine Chance sah. Technisch gesehen hatte er den kleinsten Haufen bekommen, weil er ja mit Miss Marita teilen musste. Mister Lars bezweifelte jedoch, dass Mister Göran teilen würde. Man konnte nie wissen. Manchmal war die Macht der Frauen groß.

Da klopfte es an die Tür, ganz leise. Es klopfte wieder.

Er stand auf, schlich zur Tür, lauschte, wartete. Jetzt war nichts mehr zu hören.

Er öffnete die Tür.

Draußen war niemand.

Mister Lars machte einen Schritt in den Flur, aber

er war leer. Dort war nur das vernebelte Licht einer Wandleuchte, die aus einem anderen Jahrhundert stammte. Selbst das Licht schien aus der Vorzeit zu stammen. Ein Wunder, dass es so lange überlebt hatte.

Mister Lars schloss die Tür und setzte sich wieder aufs Bett. Hatte er sich getäuscht? Nein. Er war keiner, der sich Sachen einbildete. Jemand hatte an die Tür geklopft. Mister Göran? Mister Fredrik? Aber warum davonschleichen? War es die Alte gewesen? An ihr war etwas Merkwürdiges, und in diesem Fall meinte er nicht, dass sie hundert Jahre alt war, siebenhundert Jahre. Sie wirkte nicht senil. Zuerst war sie ihm ein wenig verwirrt vorgekommen, aber das stimmte nicht. Ihr Blick war scharf.

Sie hatte sie hereingelassen, fast so, als wären sie ... erwartet worden. Da war etwas ... sie schien nicht überrascht gewesen zu sein, als wären sie mitten in der Hochsaison gekommen. Aber die Nacht zu Heiligabend war zumal in dieser Gegend weit von der Hochsaison entfernt. Schließlich war diese Pension kein Skihotel in den Bergen. Hier war man am Ende der Welt. Ihm fiel ein, dass er heute Abend, gestern Abend das Gefühl gehabt hatte, nun öffne sich ihnen ein Weg. Warum waren sie dann ausgerechnet ans Ende der Welt gefahren? Es gab immer noch vier Himmelsrichtungen, zwischen denen sie wählen konnten, als sie sich nach dem Raubüberfall auf den Werttransport auf den Weg machten.

Jetzt gab es vielleicht keine einzige Richtung mehr.

Er stand wieder auf, ging ans Fenster. Der Schnee fiel, als hätte der Weihnachtsmann eine Pause auf seiner Reise durch den Himmel eingelegt, und jetzt baggerte er mit seiner größten Schaufel Schnee auf die Erde, um für Weihnachtsstimmung zu sorgen. Aber was genug war, war genug. Inzwischen konnte Mister Lars keine Konturen mehr unterscheiden. Die Büsche sahen aus wie Weihnachtsmänner. Wenn es so weiterschneite, würden sie nirgendwo hinkommen. Es würde sogar unmöglich sein, die Tankstelle zu Fuß zu erreichen, um in einem Kanister genügend Sprit für die Fahrt dorthin zu besorgen, um dann ordentlich zu tanken.

Er sah wieder auf die Uhr. Halb vier. Was zum Teu… Vor einer halben Stunde war es doch schon halb fünf gewesen! Hatte er sich geirrt? Als er das erste Mal nachgeschaut hatte, war er noch nicht ganz wach gewesen. Er untersuchte seine Armbanduhr genauer. Nein, er hatte sie nicht falsch herum umgebunden. Er sah, wie sich der Sekundenzeiger bewegte, und zwar vorwärts, nicht rückwärts.

Dann hörte er wieder das Klopfen.

Schnell ging er zur Tür, ohne darauf zu achten,

ob er Lärm machte, und zerr... zerr... *zerrte* an der Türklinke, stieß, drückte, aber die Tür war verschlossen.

Erinnerungen überfielen ihn aus dem Nichts. Die Erinnerungen an Gefängniszellen, in denen er gelebt hatte, wenn man es denn als leben bezeichnen konnte. In verschlossenen Räumen.

Er ließ die Türklinke los, wartete fünf Sekunden, drückte die Klinke erneut herunter, schob.

Die Tür öffnete sich.

Er betrat den Flur. Er war leer. Der Lichtschein war schwächer geworden, als ob einer Kerze der Sauerstoff ausginge. Plötzlich schnappte das Licht in der Lampe nach Luft. Die Schatten zuckten hierhin und dahin.

Er ging rasch zur nächsten Tür, schlug dagegen, rief.

»Mister Fredrik? Mister Fredrik?«

Er bekam keine Antwort.

»Mister Fredrik!«

Er drückte die Klinke herunter. Die Tür war natürlich abgeschlossen.

Er ging zur nächsten Tür, hämmerte dagegen.

»Mister Göran? Mister Göran?« Er hämmerte wieder. »Mister Göran!«

Auch hier bekam er keine Antwort.

Um ihn herum tanzten die Schatten. Er ging zurück zu seiner eigenen Tür. Sie war zugefallen. Als er nach der Türklinke griff, wusste er es schon.

Er riss an der Klinke, aber die Tür rührte sich nicht. Das Türschloss hatte sich offenbar verklemmt. Die Alte wohnte im Obergeschoss. Er konnte hier doch nicht in Unterhose herumstehen und warten. Er begann schon zu frieren wie ein Hund. Unterhose oder nicht, er musste die Alte wecken, damit er wieder in sein Zimmer kam. Im Zimmer war das Geld. Vielleicht fand er irgendwo eine Decke. Ein Teppich würde auch genügen. Übrigens konnte er genauso gut versuchen, Mister Göran und Mister Fredrik zu wecken. Sie mussten besprechen, wie sie hier wegkamen, und zwar so schnell wie möglich. Der Schnee würde bald einen halben Meter hoch sein. Er sah auf die Uhr.

Drei.

Herr im Himmel.

Er blinzelte und schaute wieder. Es war immer noch drei, ein paar Minuten nach drei. Er nahm die Armbanduhr ab und drehte sie um, aber er hatte sie nicht verkehrt herum angelegt.

Die Zeit ging rückwärts.

Bald würde nicht mehr Heiligabend sein, sondern der Tag vor Heiligabend.

Was ging hier vor sich?

Wohin waren sie geraten?

Er bibberte, ging hinaus in den Vorraum oder wie man es nennen sollte, blieb stehen, sah sich um, bückte sich und hob den Flickenteppich auf, in den er sich, so gut es ging, einwickelte. Ich sehe aus wie ein Indianer, dachte er. Aus dem Teppich stieg ein säuerlicher Staubgeruch auf, er sah den Staub flirren wie Sonnendunst. Aber hier gab es keine Sonne und kaum ein Licht.

Mister Lars ging zur Haustür, aber auch die ließ sich nicht öffnen. Sie war nicht abgeschlossen, und trotzdem rührte sie sich kein Stück. Er ging zu dem Tresen mitten im Raum. Dahinter hingen an Haken einige Schlüssel. Er ging um den Tresen herum, nahm die Schlüssel mit zur Haustür, und als er den dritten Schlüssel ausprobierte, fühlte er, dass der Riegel aufglitt.

Er drückte die Klinke herunter, stemmte sich gegen die Tür, aber sie ließ sich nicht bewegen. Sie war aufgeschlossen und doch zugesperrt wie vorher. Er drückte mit der Schulter dagegen, doch nichts geschah. Er vermutete, dass sich der Schnee davor wie eine Mauer auftürmte.

Im Vorraum gab es ein Fenster, aber es war nichts Besonderes zu sehen, nur ein weißes Chaos. Draußen schien ein Schneesturm zu toben. Seltsamerweise war hier drinnen wenig zu hören, als wären die Wände dieser Bude dicker als die Schneemauer.

Aber er sah die weiße Hölle in der schwarzen Nacht.

Das Auto war jetzt vermutlich ein Teil der Natur.

Sie waren ein Teil der Natur geworden. Er, in einen Teppich aus natürlichem Material gewickelt, eingesperrt und ausgesperrt. Mister Göran. Mister Fredrik. Am Rand eines Nestes, das vergessen war von Gott und dem Teufel.

Mister Lars sah wieder auf die Uhr. Fünf vor halb drei.

Bald würde es Mitternacht sein.

Und dann war es nicht mehr Heiligabend.

Wie weit geht die Zeit rückwärts?, dachte er. Bis zu der Zeit vor dem Überfall? Von mir aus gern, dachte er. Wenn ich hier nur wegkomme. Und in mein Zimmer. Das Geld. Ich muss das Geld mitnehmen. Ich muss weit genug weg, irgendwohin, wo das Geld etwas wert ist. Hier war es nicht mehr wert als die Beleuchtung im Korridor.

Dort stand er wieder, vor seiner Tür. Er drückte die Klinke herunter, stemmte sich gegen die Tür, und sie gab nach.

Er blieb auf der Schwelle stehen.

Das Licht war unverändert, seit er das Zimmer verlassen hatte. Das Bett stand noch am selben Platz.

War die Tür ins Schloss gefallen und hatte sich

verklemmt, so wie die Zeit rückwärts ging? Aber wie hatte die Tür sich dann von selbst wieder öffnen können?

Mister Lars ging rasch zu seinem Bett und drehte die Matratze um. Das Geld war weg. Das überraschte ihn nicht. Er warf den Teppich von sich, zog sich schnell an. Der Wind drückte Schnee gegen die Scheiben, als käme er mit Hochdruck aus einem Feuerwehrschlauch. Es würde unmöglich sein, das Fenster zu öffnen, geschweige denn, hinauszuklettern und sich in Jackett und Halbschuhen davonzumachen. Das Einzige, was ein wenig gegen den Sturm schützen würde, war die Sturmhaube, aber nicht lange. Mister Göran hatte sie im Gefängnis von Kumla erworben. Die Ausrüstung wanderte von Gefängnis zu Gefängnis, manches war gut, manches schlechter. Es war wie mit den Knackis. Seht uns an, dachte er. Die ganze Skala von Mister Fredrik bis zu mir selber. Aber war er besser als Mister Fredrik? Und – spielte das jetzt eine Rolle?

Mister Lars ging wieder in den Korridor, nachdem er einen Stuhl gegen die geöffnete Tür gestellt hatte. Er schaute auf die Armbanduhr. Viertel nach zwölf. Noch fünfzehn Minuten bis Mitternacht. Er schlug mit der Faust gegen Mister Görans Tür und dann gegen die von Mister Fredrik. Er meinte von drinnen ein Rufen zu hören, erst von Mister Göran, dann von Mister Fredrik, aber es klang so dünn, als würde es sich entfernen. Das musste der Wind sein, der durch die schwere Tür pfiff.

Er kontrollierte noch einmal die Zeit. Mitternacht.

Er drehte sich um, und alles wurde dunkel.

Mister Lars erwachte im Zwielicht, das die Bilder übernahm, die er in seinen Träumen gesehen hatte und nun vergaß. Vielleicht hatte die Stille ihn geweckt. Der Sturm war abgeflaut. Er stand auf, ging über den kalten Fußboden zum Fenster, schaute durch die Scheiben, hinter denen es vorhin milchweiß und undurchdringlich war. Er stellte fest, dass der Sturm sich über ein stilles Meer aus Schnee gelegt hatte. Die Birken standen still. Der Wind war weitergezogen. Der Himmel war blau. Er sah die Häuser auf der anderen Straßenseite. Heute wirkten sie wie normale Häuser, wie Häuser in normalen Orten. Er sah ein Auto gemächlich vorbeifahren. Er dachte an die Tankstelle, aber gemächlich, ungefähr wie das Auto da draußen.

Rasch zog er sich an.

Im Flur klopfte er kräftig an die Türen von Mister Göran und Mister Fredrik, wartete jedoch keine Reaktion ab und hörte auch keine.

Die Alte stand hinter dem Tresen im Vorraum. Sie reichte gerade mit dem Kopf darüber.

»Guten Morgen«, sagte sie.

Er nickte.

»Was für ein Sturm heute Nacht«, sagte sie.

Er nickte wieder.

»Aber jetzt ist wirklich ein strahlender Morgen«, sagte sie. »Ein richtig schöner Weihnachtstag.«

Er merkte, dass er seine Uhr im Zimmer vergessen hatte. Sein Handgelenk war nackt und wirkte fast braun im goldenen Sonnenschein, der durchs Fenster fiel.

»Das Frühstück ist in wenigen Minuten fertig«, sagte die Alte und zeigte auf die Tür am anderen Ende des Vorraums. Auch das Zimmer badete in Sonnenlicht.

Im Esszimmer war für eine Person gedeckt. Er saß an dem Fenster zum Hinterhof. Alles dort draußen war sehr blau und sehr weiß. Das Auto stand nicht mehr vor der Kellertreppe. Im Schnee waren keine Spuren. Wenn sie es ausgebuddelt hatten, müsste es Spuren geben.

Die Alte glitt durchs Zimmer. Sie stellte einen dampfenden Teller mit zwei Spiegeleiern und reichlich Bacon vor ihn hin, ohne dass er etwas bestellt hatte. Als wäre er Stammgast.

Ihre Füße konnte er nicht sehen. Es sah aus, als gleite sie auf Rollen über den Fußboden.

Butter, Brot und Käse standen schon auf dem Tisch, außerdem ein Thermoskannenmodell, das er schon seit Jahrzehnten nicht mehr gesehen hatte.

»Bitte sehr«, sagte sie und glitt davon. Vor einigen Sekunden noch hätte er ihr viele Fragen stellen mögen, aber da sie schon am anderen Ende des Esszimmers war, ließ er die Fragen und nahm stattdessen Messer und Gabel. Und dann war sie weg.

Er begann mit dem Frühstück. Plötzlich füllte sich das Zimmer mit Musik, nicht laut, aber sie war deutlich zu hören. Die Alte musste irgendwo ein Radio eingeschaltet haben, das auch einen Lautsprecher im Esszimmer hatte. Die Musik verstummte. Ein Signal kündigte die Nachrichten an. Er hörte auf zu essen und lauschte.

»Die beiden Täter, die am Abend vor Heiligabend einen brutalen Überfall auf einen Werttransport im nördlichen Småland verübt haben, konnten gegen Mitternacht gefasst werden. Sie wurden etwa dreißig Kilometer vom Tatort entfernt an einer von der Polizei errichteten Straßensperre festgenommen. Dabei kam niemand zu Schaden, aber der Zustand der drei Wachmänner, die bei dem Überfall angeschossen wurden, ist immer noch ernst. Nach Aussage eines Arztes in Eksjö ist ihr Zustand kritisch, aber stabil.«

Er hörte nicht mehr hin. Er sah die Alte wieder hereingleiten.

»Haben Sie noch einen Wunsch?«, fragte sie.

Er schüttelte den Kopf.

»Die haben da eben etwas ganz Schreckliches im Radio erzählt«, sagte sie.

Er nickte.

»Aber das ist weit von hier entfernt passiert«, sagte sie.

Henry Slesar

Tod eines Weihnachtsmanns

Ich heiße Trent Bailey, ich bin Junggeselle und zweiunddreißig Jahre alt.

Warum hatte ich noch nicht geheiratet? Nun ja, wohl wegen solcher Mädchen wie Holly Martindale. Ich fragte mich immer, wie das wohl sein würde, wenn man nett verheiratet wäre und dann bei einer Weihnachtsfeier der Firma so eine bezaubernde Zwanzigjährige kennenlernen würde und die wahnsinnig mit einem zu flirten anfinge. Wäre ich in der Lage, der Versuchung zu widerstehen? Würde der goldene Ring an meinem Finger wie ein Talisman wirken und machen, dass ich meiner Angetrauten daheim treu blieb?

Die Firma, die die Feier veranstaltete, war eine Werbeagentur mit Namen Fitz, Lindner & Wallace. Allerdings lebte von den dreien nur noch Wallace. Beziehungsweise sein Sohn. Wie sich herausstellte, war Lucien Wallace derjenige gewesen, der Holly eingestellt hatte – frisch vom College weg. Gerüchte besagten, er sei mit ihrer Mutter verbandelt.

Holly arbeitete sich mit leuchtenden Augen, einem wirbelnden Röckchen und jeder Menge Alkohol durch den Sitzungssaal. Ich sah sie nie ohne Glas in der Hand. Als die Feier um halb neun allmählich dem Ende zuging, war sie sturzbetrunken.

Ich erbot mich galant, sie nach Hause zu bringen. Ich hatte dabei insofern Glück, als sie sich noch an ihre Adresse erinnern konnte. Als das Taxi vor dem Sandsteinhaus in der East 64th Street hielt, wusste ich, dass Holly nicht nur hübsch, sondern auch betucht war. Wenn sie doch nur einen Schnapsladen besäße!

Die Wohnung war in einem eklektischen Stil möbliert, der Bauhaus und Ludwig xv. erfolgreich miteinander verband. Sie bemerkte den ehrfurchtsvollen Ausdruck auf meinem Gesicht und sagte: »Meine Mutter hat das so eingerichtet. Ich werde nicht mehr lange hier wohnen, denn sie verheiratet sich wieder, und da suche ich mir lieber eine eigene Wohnung. Wie würde dir eine Mitbewohnerin gefallen?« Sie gluckste. Ich schlug schwarzen Kaffee vor – als ob ich dieses Mittel schon jemals seine Wirkung hätte tun sehen!

Als sie in der Küche verschwunden war, sah ich mich ein bisschen um. Es gab ein paar Bücherregale, alle Bände darin ledergebunden. Es stand ein Flügel da, der ungespielt aussah und dessen glänzende

Fläche mit gerahmten Fotos vollgestellt war. Ich besah sie mir und entdeckte, dass sie alle aus Hollys Kindheit stammten. Allerdings gab es ab dem zehnten Lebensjahr keine Bilder mehr.

Dann entdeckte ich ein Foto, das ganz zweifellos Holly Martindales Mutter zeigte. Die draufgekritzelte Widmung konnte ich nicht lesen, aber unterschrieben war sie mit Linda. Die Tochter war ganz hübsch, ja, aber Linda war eine Schönheit! Eine überwältigende Schönheit. Ein solches Gesicht gab es in ein paar tausend Jahren nur einmal. Beim letzten Mal hatte es bewirkt, dass tausend Schiffe ausgelaufen und die gewaltig hohen Türme Ilions niedergebrannt worden waren.

Kam hinzu, dass mir das Gesicht bekannt vorkam, aber ich konnte es nicht unterbringen. Ein vergessener Filmstar? Ein Model? Ich brauchte nicht lange zu rätseln. Holly kam wieder herein – ohne Kaffee. Sie hatte ein Glas in der Hand und einen niederträchtigen Blick in den Augen. Sie lehnte sich an mich, als wäre ich ein Laternenmast, und sagte: »Ich hab einen in der Krone. Mach dir das zunutze.«

Ich bin, um ehrlich zu sein, nicht sicher, ob ich mich an die Regeln der Ritterlichkeit gehalten hätte. Die Tür ging auf, und Linda erschien.

Es war wie ein Schock. Das Foto musste vor zwanzig Jahren aufgenommen worden sein, aber die zwei Jahrzehnte hatten dem abgebildeten Gegenstand kaum etwas angehabt. Linda war reifer. Sie trug das Haar anders. Aber sie war nach wie vor bezaubernd. Sagte ich schon, dass sie auch wütend war? Ja, das war sie auch.

»Du bist betrunken«, bemerkte sie kalt. Sie drehte sich zu dem grauhaarigen Herrn um, der ihr hereingefolgt war. »Sagtest du, es hätte eine Feier gegeben, Lucien?«

»Im Büro, nicht hier.«

»Ich habe Holly gerade nach Hause gebracht«, sagte ich und versuchte zu lächeln. »Ich dachte, das würde mir ein paar Pluspunkte einbringen.«

Holly funkelte ihre Mutter an und sagte: »Tu nicht so, als wäre ich eine Schwerverbrecherin. Noch ist dies hier auch meine Wohnung, nicht wahr? Oder bin ich vielleicht nicht mehr gern gesehen?« Sie packte mich am Arm und zog mich zur Tür.

»Zieh keine Schau ab«, bemerkte die Mutter. »Du weißt genau, dass du von Gesetzes wegen noch keinen Alkohol trinken darfst.« Jetzt sah sie mich entrüstet an. »Ich bin überrascht, dass Sie es zugelassen haben.«

»Ich bin nicht Barkeeper, Mrs Martindale. Ich arbeite ebenfalls für die Firma.«

»Sie sind doch Bailey, oder nicht?«, sagte Lucien. »Kundenbetreuer?«

»Ja, Sir. Ich hatte gehofft, dass Sie mich eines Tages mal bemerken würden. Ich arbeite schon seit vier Jahren für die Agentur.«

Ich hatte das letzte Wort, aber nicht aus freien Stücken. Holly zerrte mich in die Diele hinaus. Sie schnappte sich ihren Mantel, und mir gelang es mit knapper Not, den meinen zu erwischen, bevor wir draußen in der Kälte standen.

Ich sagte etwas von essen gehen, wusste aber nicht, ob sie mich gehört hatte. Sie ging schnell vor mir her, jedoch ganz offensichtlich ohne ein bestimmtes Ziel. Einen Augenblick lang verlor ich sie im Menschengedränge aus den Augen, aber dann sah ich, dass sie an einer Straßenecke stehen geblieben war.

Ich blieb ebenfalls stehen, und da bot sich mir ein erstaunlicher Anblick. Ich sah so einen Straßenecken-Weihnachtsmann mit seinem Schornstein aus Pappe vor mir. Er hatte eine Glocke in der Hand, klingelte jedoch nicht damit. Vielmehr starrte er mit offenem Mund Holly an, die Verwünschungen gegen ihn ausstieß und ihn – nach ihren Gesten zu urteilen – zu sofortigem Verschwinden aufforderte. Der Mann sagte etwas zu ihr, aber das versetzte sie nur in noch größere Wut.

Plötzlich stieß sie den Schornstein um und schlug auf das bärtige Gesicht des Weihnachtsmannes ein.

Ihre Finger mit den roten Nägeln sahen aus wie Krallen.

Versuchte ich, sie zu bremsen? Es wäre leichter gewesen, einen Wirbelsturm aufzuhalten. Zum Glück wurde der arme Weihnachtsmann nicht allzu schwer verletzt. Holly riss ihm den falschen Bart herunter, trommelte auf seinen wattierten Bauch ein, trat noch einmal gegen den umgekippten Schornstein, stürmte die Straße hinunter und bestieg ein Taxi.

Ich? Ich stand einfach am Rinnstein und gelobte den Schicksalsgöttinnen, dass ich von nun an allen guten Werken entsagen würde. Mein erster Neujahrsvorsatz – und dabei hatten wir erst Mitte Dezember!

Ich tat das Einzige, was zu tun blieb. Ich hob den Weihnachtsmann und seinen Schornstein auf, klopfte dem guten Mann den Anzug ab, half ihm, sich wieder zu bebarten, und stopfte ihm dann einen 20-Dollar-Schein in die geballte Faust. Er steckte ihn in die Tasche – den Schein, nicht den Schornstein.

Als ich meine Wohnung in der Stadt erreichte, wusste ich, was mit Holly Martindale los war. Sie war nicht einfach nur betrunken, sondern verrückt. Deshalb war ihre Mutter so ungehalten gewesen, als sie uns in ihrem Wohnzimmer erblickt hatte. Sie wusste, dass ihr Töchterlein nicht alle Tassen im

Schrank hat und dass Leute, die sie nach Hause brachten, wahrscheinlich auch geistig Minderbemittelte waren.

Aber wer war denn die Mutter nun eigentlich? Der Name sagte mir nichts. Ich hätte jedoch schwören können, dass ich dieses unglaublich schöne Gesicht schon gesehen hatte.

In meiner Wohnung herrschte das reinste Chaos. Angeblich sind ja Junggesellen von einer geradezu zwanghaften Ordentlichkeit, aber ich bin dann wohl die Ausnahme. Einmal pro Woche kam eine Putzfrau, die zugleich meine Mutter war, in meine Behausung, um sie wieder bewohnbar zu machen. Zu ihrer Ehre muss gesagt sein, dass sie mich nie wegen meiner Lebensgewohnheiten ausschimpfte. Ich war zwar zweiunddreißig, für sie aber immer noch zwölf. Vielleicht hatte sie nicht einmal so unrecht.

Ich fand im Tiefkühlfach ein Fertiggericht. Ich war so hungrig, dass ich es fast statt aufgetaut nur zerstoßen hätte. Als es im Ofen so gut wie fertig war, klingelte das Telefon.

Zuerst dachte ich, es wäre Lucien Wallace, der mir sagen wollte, dass ich – auf Bitten seiner Verlobten hin – mit sofortiger Wirkung entlassen sei, aber es war Holly.

»Es tut mir leid«, sagte sie mit kläglicher, reumütiger Stimme. »Du bist doch nicht ausgeflippt?«

Die Frage hätte ich ihr auch stellen können, sagte stattdessen jedoch: »Was machst du an Ostern? Den Osterhasen abknallen?«

»Ich weiß auch nicht, was über mich gekommen ist. Ich denke mal, ich war sauer auf meine Mutter. Sie hatte kein Recht, so mit mir zu reden. Und mit dir eigentlich auch nicht.«

»Und da hast du dich an so einem geklonten Weihnachtsmann schadlos gehalten?«

»Es gab einen Grund.«

»Und der wäre?«

»Darüber kann ich nicht sprechen. Bitte frag mich nicht.«

»Schon gut«, sagte ich widerstrebend. »Aber vielleicht kannst du mir ja eine andere Frage beantworten. Deine Mutter kam mir irgendwie so bekannt vor. War sie irgendwann einmal so etwas wie eine Berühmtheit?«

Eine Pause entstand, und dann lachte sie bitter auf. »Du bist kein großer Kinofreak, was?«

»Ich sehe mir Schwarzenegger-Filme an.«

»Sie hieß mal Linda Lawson«, sagte Holly. »Sie hat in den Siebzigerjahren in bescheuerten Musicals gesungen, dann aber die Stimme verloren und gekündigt. Oder das Studio hat ihr gekündigt, eins von beiden. Und dann war da noch diese andere Sache…«

»Was für eine andere Sache?«

Keine Antwort. Ich sagte ein paar Mal ihren Namen, aber an ihrem Ende der Leitung herrschte ein lautes Schweigen. Holly hatte nicht aufgelegt, sondern einfach nur das Sprechen eingestellt.

Inzwischen roch mein Hühnerfrikassee wie brennende Turnschuhe, weshalb ich auflegte und es aus der Mikrowelle rettete. Es schmeckte wie gebratene Nikes.

Von Holly Martindale hörte ich bis zum folgenden Morgen nichts mehr. Da erschien sie zu einer durchaus günstigen Zeit in der Tür meines Büros. Ich wollte nämlich gerade eine Aktennotiz verbrechen. Ich hasse Aktennotizen, vor allem meine eigenen.

»Lad mich zum Mittagessen ein«, sagte sie.

Ich ging mit ihr in ein kleines Bistro namens René's. Das empfahl sich, weil das Essen okay war und sie dort keinen Schnaps ausschenken durften.

»Ich habe beschlossen, es dir zu erzählen«, sagte Holly. »Ich möchte nicht, dass du denkst, ich wäre irgendwie so was wie eine Irre. Wie es aussieht, mag mich im Büro niemand. Alle denken, ich hätte den Job nur gekriegt, weil meine Mutter den Lucien Wallace heiratet.«

»Und ist dem nicht so?«, fragte ich. Ich muss, was mein Betragen angeht, wohl mal was unternehmen.

»Ich mache meinen Job nicht schlecht! Mr. Hendricks hat gesagt, ich wäre die beste Koordinatorin, die die Agentur je gehabt hätte.«

»Sorry«, sagte ich, mich jetzt selber ein bisschen reumütig fühlend. »Mir sind keine Klagen über deine Arbeit zu Ohren gekommen, Holly. Meine Frage ist einzig und allein: Warum diese Abneigung gegen Weihnachtsmänner?«

»Ich war betrunken. Ich bin Alkohol nicht gewohnt…«

»Das ist keine Erklärung.«

»Ich hasse Weihnachten«, sagte sie wild. »Ich hasse diesen ganzen Schwindel. Und am meisten hasse ich diese Straßenecken-Weihnachtsmänner, die um Geld betteln…«

»Das hast du eindrucksvoll bewiesen«, sagte ich leichthin.

»Es gab einen Grund. Es liegt an etwas, das geschehen ist, als ich neun Jahre alt war.«

»Eine traumatische Erfahrung? Ein Kerl in Weihnachtsmann-Klamotten, der dir Angst gemacht hat?«

»Du machst dich über mich lustig«, sagte Holly. »Aber es ist ernster, als du denkst. Als ich neun Jahre alt war, brachte meine Mutter meinen Vater um.«

Das ist eine dieser Aussagen, bei denen einem der Croque Monsieur normalerweise im Hals stecken bleibt. Holly Martindale jedoch aß ihren Salat ungerührt weiter, offensichtlich daran gewöhnt, ihre Mutter eine Mörderin zu nennen.

»Es überrascht mich, dass du dich nicht mehr daran erinnerst«, sagte sie. »Es wurde so viel darüber berichtet. Meine Mutter hat ein ganzes Album mit Zeitungsausschnitten, das ist dicker als so ein Musterbuch im Tapetenladen.«

Wenn ich genau darüber nachdachte, erinnerte ich mich doch an irgend so eine Geschichte von einer Schauspielerin, die aus Versehen den eigenen Mann erschossen hatte. Aber damals hatte ich das College gerade hinter mir und war an Frauen, Geld und einer Karriere interessierter als an Tratschgeschichten aus Hollywood.

»Linda Lawson«, sagte ich. »Ja, da klingelt jetzt was. Aber an Einzelheiten kann ich mich nicht mehr erinnern. Und ganz sicher kann ich überhaupt nicht sehen, was es mit deinen Versuchen zu tun hat, den Weihnachtsmann plattzumachen.«

»Dann bist du doch nicht so gescheit, wie du aussiehst.« Sie musterte mich mit zusammengekniffenen Augen. »Eigentlich siehst du auch gar nicht so gescheit aus. Aber lieb, für so einen alten Knacker.«

Mir wurde klar, dass zweiunddreißig für eine Zwanzigjährige uralt aussehen musste. Ich sagte: »Jetzt hab ich's. Es ist an Weihnachten passiert. Du verbindest das Ereignis mit dieser Zeit des Jahres.«

»Du hast soeben 64 000 Dollar gewonnen! Und du hast noch eine weitere Chance.«

»Sag mir: Spricht deine Mutter wieder mit dir?«

»O ja. Das Erste, was sie heute Morgen zu mir gesagt hat, war: Wann fängst du endlich an, dich nach einer Wohnung umzusehen?«

»Du ziehst also wirklich aus?«

»Du weißt doch, dass sie deinen Boss, den Lucien Wallace, heiratet. Frischvermählte sind gern mit sich allein.« Sie seufzte. »Nicht dass mir das was ausmachte. Ich suche schon seit Jahren nach einem Vorwand. Wenn du von was hörst, was in der Nähe des Parks liegt, dann lass es mich wissen.«

»Du hast meine Frage nach dem Weihnachtsmann noch nicht beantwortet.«

»Ach ja«, sagte Holly. »Warum ich Weihnachtsmänner hasse. Weil sie meine Mutter in schlechte Laune versetzen. Sie muss gestern Abend den an der Ecke gesehen haben, bevor sie nach Hause kam. Deshalb war sie so gemein zu mir.«

»Und du hast versucht, ihn aus eurer Gegend dort wegzujagen? Ist es das?«

Ehe sie antwortete, aß sie das letzte Blatt von ihrem Salat auf. »Als sie ihn erschoss, spielte mein Vater gerade den Weihnachtsmann.«

Ich sprach ein stilles »Oioioi!« und hörte auf, Fragen zu stellen.

An jenem Abend machte ich früh Schluss. Ich hatte es mir verdient. Wir hatten in dieser Woche drei Konferenzen gehabt, die bis spät nachts dauerten. Das Problem war nur, dass ich im Falle einer frühen Heimkehr meine Mutter, die, ob Sie's glauben oder nicht, Minette heißt, noch beim Saubermachen antraf. So abgöttisch sie mich liebt, Störungen mag sie gar nicht.

Ich besänftigte sie, indem ich ihr von Holly und ihrer ziemlich berühmten Mutter erzählte (vielleicht müsste es nicht »berühmt«, sondern eher »berüchtigt« heißen).

»Oioioi!«, sagte meine Mutter, aber nicht still in sich hinein. »Linda Lawson! Natürlich erinnere ich mich an sie! *Singing Down the River*.«

»Was hat sie?«

»Das ist der Titel eines Films, du Dummerchen. Er war ziemlich schlecht, aber sie hinreißend schön. Ein Jammer, dass sie diesen Schmierenkomödianten, diesen Martindale, geheiratet hat. Du willst sagen, du bist der leibhaftigen Linda Lawson begegnet?«

»Tut mir leid, dass ich mir kein Autogramm von ihr habe geben lassen. Vielleicht nächstes Mal.«

»Vor ein paar Wochen haben sie einen ihrer Filme gezeigt, bei AMC. Der Bursche, der die einführenden Worte sprach, meinte, er sei total vernarrt in sie. Wie sieht sie heute aus?«

»Immer noch verdammt gut«, sagte ich. »Woran kannst du dich noch erinnern? Wusstest du, dass sie ihren Mann umgebracht hat?«

»Klar doch. Das war wochenlang in den Nachrichten. Erinnerst du dich nicht mehr daran?«

»Doch, ein bisschen. Ich kam da grade von der Columbia University, stimmt's? Versuchte mir schlüssig zu werden, ob ich bei Dads Bauunternehmen anheuern sollte...«

»Ich wünschte immer noch, du hättest es getan«, sagte sie traurig. »Es hätte ihn so glücklich gemacht!«

»Er war da schon drei Jahre tot, Mom.«

»Dein Vater, der war ein guter Mann. Nicht so einer wie dieser zwielichtige Martindale. Der hatte es verdient, erschossen zu werden, wenn du mich fragst.«

»Erzähl mal, wie es passiert ist.«

»Er lebte damals nicht mehr mit seiner Frau zusammen. Sie schmiss ihn raus, als sie das mit seiner Freundin erfuhr... wie hieß die doch gleich? Trixie, Trisha, irgendwie so. Aber Martindale liebte auch Weihnachten und beschloss, für sein kleines Töchterchen wieder den Weihnachtsmann zu spielen... Ich vergesse auch ihren Namen immer...«

»Holly«, sagte ich. »Wie der weihnachtliche Stechpalmenzweig.«

»Ja, richtig. Er liebte seine Tochter wirklich. Hatte jedes Jahr für sie den Weihnachtsmann gespielt und wollte es wieder tun, trotz der Trennung. Am Weihnachtsabend schlich er sich als Weihnachtsmann verkleidet in das Haus in Beverly Hills. Linda dachte, es wäre ein Einbrecher, holte eine Pistole und peng! An jenem Abend kam der Weihnachtsmann durch keine Schornsteine mehr geplumpst ...«

»Oioioi!«, sagte ich, diesmal laut und deutlich.

»Sie kam aber nicht ins Gefängnis. Die Polizei sprach von einer ›unbeabsichtigten Tötung‹.« Meine Mutter legte das Staubtuch weg und sah mich komisch an.

»Was soll das bedeuten? Dieser Blick?«

»Niemand gab Linda Lawson irgendeine Schuld«, sagte meine Mutter. »Aber glauben tat ihr auch keiner. Meine Wenigkeit eingeschlossen.«

»Oioioi«, sagte ich zu mir selbst. Und fragte mich, was Holly Martindale wohl glaubte.

In den nächsten Tagen begegnete ich Holly Martindale mit Zurückhaltung. Okay, vielleicht war es ja auch sie, die sich kühl gab. Die Agentur produzierte am laufenden Meter Fernseh-Werbespots für ein Dutzend Klienten, und Holly war wie das sprichwörtliche Huhn ohne Kopf. Keine Zeit für das gesellschaftliche Leben, sagte ich mir.

Dann kam sie an einem Donnerstag nachmittags in mein Büro geschlendert und sagte: »Magst du zu 'ner Party mitgehen?«

»Zu was für einer Party?«

»Es ist noch Weihnachtssaison. Maman« – sie sprach es französisch aus, betonte die letzte Silbe – »schmeißt jedes Jahr eine Weihnachtsparty, aber ich glaube, diese wird zugleich so was wie eine Verlobungsfeier. Wie auch immer, sie findet am Sonnabend statt, und ich brauche einen Begleiter.«

»Als ich das letzte Mal in *Emily Post* hineingeschaut habe, stand dort zu lesen, dass Mädchen, die im Elternhaus wohnen, keinen Begleiter brauchen.«

»Die Party findet nicht bei uns statt, sondern bei Lucien Wallace. Und ich wohne nicht mehr im Elternhaus. Habe ich dir das noch nicht gesagt? Ich habe eine Wohnung gefunden.«

»Das war schnelle Arbeit«, sagte ich.

»Ich bin in die Wohnung von Pat Michaels eingezogen. Ihr ist gerade die Miete raufgesetzt worden, und sie suchte jemanden, mit dem sie sich die Wohnung teilen könnte.«

Pat Michaels war Chefsekretärin bei Lucien Wallace und eine Frau, die jeden einschüchterte – offensichtlich mit Ausnahme Hollys. Pat war in ihren Vierzigern, aber immer noch auf dunkle Weise schön – wie die böse Königin in Schneewittchen.

»Ist eine ganz tolle Wohnung«, sagte Holly. »In den Achtzigern Ost, hoch oben, Terrasse. Und das Beste daran: Mama konnte nichts gegen diesen Umzug sagen. Sie denkt nämlich, dass Pat als so was wie eine Gouvernante fungieren wird.« Holly lächelte listig und sagte: »Ha!«

Ich setzte dazu an, etwas von Terminschwierigkeiten am Samstag zu faseln, aber sie schnitt mir einfach das Wort ab und sagte: »Also, du brauchst keine Angst zu haben, dass ich mich wieder volllaufen lasse. In Mamas Gegenwart trinke ich nie, außer vielleicht ein oder zwei Gläschen Champagner. Ich werde lieb und nüchtern sein, ich versprech's dir. Alle Weihnachtsmänner der Welt sind vor mir sicher.«

Holly lächelte strahlend. Sie war immer noch eine der attraktivsten Frauen, die ich je kennengelernt hatte. Aber ich musste auch zugeben, dass die Schönheit, die ich eigentlich gerne wieder sehen wollte, ihre Mutter war. Deshalb sagte ich: »Alles klar. Es soll mir ein Vergnügen sein, dich zu dieser Party zu begleiten.«

Mit hochschwingendem Rock und einem Abschiedsblick, der mich schlucken ließ, drehte sie sich um und segelte davon. »Natürlich Abendanzug. Schwarze Krawatte. Hol mich um acht ab«, rief sie noch.

Ich besaß keinen »Abendanzug«, aber der Gedanke, mir einen zu leihen, hatte so gar nichts Verlockendes an sich. Als meine »Maman« von dem Problem erfuhr, kam sie mit dem Smoking an, den mein Vater vor einer Ewigkeit gekauft und nur ein einziges Mal zu einem von seiner Firma gegebenen Essen angezogen hatte. Er war um viele Jahrhunderte aus der Mode, passte mir jedoch seltsamerweise wie angegossen.

Als ich mit Holly, die wie eine Ballkönigin aussah, Luciens Haus betrat, schien das niemand zu bemerken. Zum einen war das Haus rappelvoll, zum anderen die Beleuchtung, einige hundert große Kerzen, schummrig. Als uns Linda Martindale begrüßte, ließ das Kerzenlicht ihr vollkommenes Gesicht in größerer Schönheit leuchten als je zuvor.

Lucien kam wenig später dazu. Seine ihm ergebene Pat Michaels begrüßte Holly mit Küsschen auf beide Wangen und erbot sich, uns zu Champagner zu verhelfen. Sie erhob keinen Protest, als ich um Wodka bat. Das Gerücht, Pat sei ein Androide, stimmte vielleicht doch nicht.

Ich hatte keineswegs die Absicht, die Vergangenheit zur Sprache zu bringen, aber Holly sagte, als wir unsere Drinks in Händen hielten: »Na, willst du mich nicht fragen? Du weißt schon, was?«

»Ich spreche nie über Politik oder Religion.«

»Wie wär's mit Mord?«

»Hör mal«, sagte ich, »ich weiß, dass deine Mutter keinen Mord begangen hat, und ich bin sicher, dass du es auch weißt.«

»Da irrst du. Sie hat.«

Vielleicht hatte ich meinen Wodka zu schnell getrunken, denn die Direktheit ihrer Antwort schockierte mich. »Das glaubst du doch selber nicht«, sagte ich. »Soweit ich weiß, war es ein Unfall. Ein Unglücksfall mit tödlichem Ausgang. Ich glaube, so nennen die Briten das.«

»Ich war doch dabei, Trent. Ich habe alles mit angesehen. Hast du das nicht gewusst?«

»Nein«, sagte ich störrisch, »das habe ich nicht.«

»Du lügst.« Sie langte nach oben und zog mich an der Nase. »Sie wird immer länger, Pinocchio. Ich bin sicher, dass du ein wenig nachgeforscht hast. Ihr Kundenbetreuer-Typen, ihr liebt doch die Recherche! Dir wird kaum unbekannt sein, was nach dem Mord an meinem Vater mit mir passiert ist.«

»Ich weiß es nicht, Holly. Ich schwör's dir.«

»Sie nahmen mich mit«, sagte sie und verbarg ihre Bitterkeit nicht. »Sie versuchten, mich dazu zu bringen, dass ich mich an alle Einzelheiten erinnerte, aber ich konnte ihnen nichts sagen. Ich hatte das, was man eine Amnesie nennt. Die kriegt man, wenn es etwas gibt, das man unbedingt vergessen muss.«

»Aber ... dir ist die Erinnerung wiedergekommen. Oder nicht?«

Jetzt lächelte sie boshaft. »Niemand weiß es sicher. Ich meine wirklich niemand. Besonders meine Mutter nicht. Deshalb lässt sie sich ja meinen ganzen Blödsinn gefallen.«

In diesem Augenblick wurde mir bewusst, dass sich Holly von jedem Tablett, welches die durch die Menge treibenden Bedienungen hocherhoben umhertrugen, ein Glas Champagner heruntergeangelt hatte.

Musik fing an zu spielen. Um das Klavier stand ein Jazz-Trio. Manche Gäste tanzten. Und plötzlich lag Holly in meinen Armen. Ihr Mund war dicht an meinem Ohr, sie flüsterte.

»Mama hat Angst vor mir. Mama weiß, dass ich sie kenne ... die Wahrheit!«

Ich kann nicht sagen, ob Holly mir diese »Wahrheit« offenbaren wollte, denn wir wurden plötzlich abgelenkt. Zwei weitere Gäste waren eingetroffen und standen schnell im Mittelpunkt der allgemeinen Aufmerksamkeit. Obwohl wir uns nie persönlich kennengelernt hatten, wusste ich, um wen es sich bei dem einen der beiden handelte. Es war der Rollstuhl, der Andrew Scully, den Seniorpartner unserer Agentur, identifizierte.

Andrew war in der Branche eine Legende, ein

brillanter Texter, der erst Art Director geworden war, dann Generaldirektor, dann Chef. Auf der Höhe seines Erfolges (und hier ist keine Wortspielerei beabsichtigt) stürzte er ab. Buchstäblich. Bei dem Kleinflugzeug, mit dem er seine Klienten zu besuchen pflegte, war der Motor ausgefallen. Ein Dutzend Jahre im Rollstuhl hatten ihn fett, bitter und einfach fies werden lassen.

Obwohl der Rollstuhl einen Motor hatte, schob Andrews Frau ihn. Rowena Scully war wahrscheinlich mal eine ganz ansehnliche Frau gewesen, aber ihr Mann hatte sie in eine permanente Buckelei hineingepeitscht.

Holly schien den verkrüppelten Alten (so alt war er gar nicht, so in den Fünfzigern) echt zu mögen. Er lächelte, als sie ihm einen Schmatzer auf die Wange gab.

»Wie geht's denn so, Prinzessin?«, erkundigte er sich. »Hörte, du wärst zu Pat gezogen. Gute Idee. In fünf Jahren leitet wahrscheinlich sie die Agentur.«

»Niemand könnte sie so leiten, wie Sie das getan haben«, sagte Holly und fügte dann schnell noch hinzu: »Und Mr. Wallace natürlich.«

Lucien, der in der Nähe stand, sagte: »Ich bin ein Glückspilz, Scully (niemand nannte Scully je Andrew). Mein Leben wird durch zwei schöne Frauen bereichert werden. Du hast nur eine.«

Er schob den beiden Gemeinten, Holly und Linda, seine Arme um die Taille, aber Linda lächelte nicht. Es war ziemlich leicht zu erkennen, dass sie Andrew Scully nicht mochte.

Holly entschuldigte sich, weil sie ein bisschen mit Pat Michaels plaudern wollte, und ich sah, wie sie ein weiteres Glas von einem vorbeigetragenen Tablett nahm. Linda machte sich von Lucien los, trat zu mir und sagte, an Scully gewandt: »Ich hoffe, sie erkennen diesen gutaussehenden jungen Mann wieder, Scully. Holly hat mir erzählt, dass er einer Ihrer besten Kundenberater ist.«

Ich fühlte, wie mir heiß wurde. Das lag entweder an Lindas Hand auf meinem Arm oder an meiner Verlegenheit, weil ich da einem Chef vorgestellt wurde, der keine Ahnung hatte, wer ich war. Aber zu meiner Überraschung sagte Scully: »Ich kenne Trent Bailey. Bearbeitet *Golden Cereals, Vicotrex, Mosley Motors...* Leistet gute Arbeit. Weiter so, Bailey!«

»Ja, Sir«, sagte ich. Ich wandte mich Linda zu, um mir ihr Gesicht anzuschauen. Meine Knie wurden weich. Da sagte sie: »Kann ich Sie mal einen Augenblick sprechen?«

Jetzt wurden meine Knie gänzlich zu Pudding. Ich weiß auch nicht, wie ich es schaffte, mit ihr zusammen in einen stillen Winkel zu gelangen. Linda sagte: »Ich mache mir Sorgen wegen Holly. Sie hat versprochen, es bei zwei Gläsern Champagner zu belassen, aber sie hat schon vier intus.«

»Fünf«, sagte ich, »aber wer zählt schon mit?«

»Ich weiß, es ist nicht fair, Sie um Hilfe zu bitten, aber ich möchte keine Szene machen... Glauben Sie, Sie könnten Holly dazu überreden, mit Ihnen irgendwohin essen zu gehen? Sie hasst den Partyfraß, mag aber Pizzas, Hamburger und solches Zeug.«

Ich sah zu dem unter seiner Last ächzenden Büfett hin, auf dem eine Unmenge verschiedenster Köstlichkeiten angerichtet war, und sagte: »Ich werde mein Bestes geben.«

Nicht ich gab mein Bestes, sondern Holly ihr Übelstes. In der Menge entstand eine Bewegung, und als ich zum Epizentrum vorstieß, hielt Pat Michaels eine schlaffe Holly, die ihr in die Arme gesackt war. Ich murmelte etwas von sie nach Hause bringen (womit ich Pats Wohnung meinte), aber plötzlich war Lucien da und übernahm das Kommando.

»Edward, Stanley!«, rief er zwei der Diener, die herbeigesprungen kamen und nach Hollys Armen griffen. »Bringt sie in das Schlafzimmer unten«, befahl er, und ein paar Sekunden später war Holly weg.

In der nächsten Stunde wusste ich nicht so recht, was ich mit mir anfangen sollte. Ich wanderte umher, während die Zahl der Gäste allmählich schon abnahm. Als ich eine Hand auf meinem Arm spürte, drehte ich mich um und hatte einmal mehr Linda vor mir, die blass aussah – was ihrer Schönheit nicht im Geringsten schadete.

»Trent, darf ich Sie um einen Gefallen bitten? Würden Sie mich nach Hause bringen?«

Ich versuchte, nicht erschrocken auszusehen, aber sie bemerkte meinen Blick zu Lucien hin, der sich angelegentlich mit Scully unterhielt.

»Ist schon in Ordnung, Lucien macht das nichts aus. Und ich wäre Ihnen sehr verbunden.«

Ich holte die Mäntel, und wir gingen zur Haustür. Ich sah noch einmal zu Lucien zurück, und diesmal bemerkte er mich. Vielleicht bildete ich mir das nur ein, aber mir war, als blickte er mich finster an.

Ich wollte ein Taxi herbeiwinken, aber Linda meinte, bis zu ihrem Haus sei es nicht so weit. Sie hakte sich bei mir unter. Ich wäre gern ewig so weitergegangen, aber nach zehn Minuten standen wir leider schon vor ihrer Haustür. Sie wünschte mir eine gute Nacht und bedankte sich. Ich verabschiedete mich ebenfalls und setzte mich in Bewegung. Ich war erst ein paar Schritte gegangen, da hörte ich sie schreien. Als ich herumfuhr, sah ich das unglaublichste Bild, das mir je unter die Augen gekommen war: Ein Weihnachtsmann hielt ihren Arm gepackt, und seine behandschuhte Hand hatte sich um ihren Hals gelegt.

Ich hatte schon Albträume gehabt, die sehr viel mehr Sinn ergaben als das Spektakel vor mir. Ich meine, der Weihnachtsmann ist was für gutmütig polternde Auftritte, ist was für kleine Kinder in Kaufhäusern, die er auf seinem Schoß sitzen lässt, aber er versucht doch nicht, schöne Frauen vor ihrer Haustür zu erwürgen!

Ich stieß einen Schlachtruf aus und rannte auf die beiden zu. Wenn ich ein Schwert gehabt hätte, dann hätte ich es geschwungen, wenn eine Pistole, dann gefeuert. Aber schon dieser Wille erwies sich als vollkommen ausreichend. Der Weihnachtsmann (er war beleibt und nicht sehr groß, während ich immerhin ein ziemlich kräftiger Bursche bin) warf mir nur einen kurzen Blick zu und lief dann mit der Geschwindigkeit eines Rennwagens die Straße hinunter davon.

Linda war nichts passiert. »Wirklich, es ist alles völlig in Ordnung«, sagte sie schwer atmend. Sie berührte mit einer Hand ihren Hals und gab so etwas wie ein Lachen von sich. »Der hatte Fausthandschuhe an! Wie kann man jemanden mit Fausthandschuhen erwürgen?«

»Was für eine Frau!«, dachte ich.

Natürlich begleitete ich sie jetzt nach oben in ihre Wohnung. Während wir hinaufgingen, regte ich an, sofort die Polizei zu verständigen, aber Linda erwiderte: »Nein, auf keinen Fall!«

»Und warum nicht?«

»Weil das«, antwortete sie, »schon das vierte Jahr in Folge wäre. Ich glaube nicht, dass sie ein großes Maß an Verständnis aufbringen würden.«

Ich machte mich an die Verarbeitung dieser erstaunlichen Nachricht, während sie zur Hausbar ging und uns einen Drink einschenkte.

»Was ich sagte, stimmt. Es ist zu einer jährlichen Veranstaltung geworden wie die Macy-Parade. Ich sollte Eintrittskarten verkaufen.«

»Sie machen mir Spaß!«, sagte ich.

»Schließlich ist genau das der Grund dafür«, fuhr sie fort, »warum ich zu dieser Jahreszeit immer einen Herrn bitte, mit mir zu gehen. Ich weiß, dass der Weihnachtsmann früher oder später aus dem Nichts auftaucht und mich attackiert.« Sie kippte den halben Wodka hinunter und meinte noch: »Wenigstens ist es wieder für ein Jahr überstanden.«

»Aber wieso? Was soll das Ganze?«

Ich erhielt keine direkte Antwort. »Beim ersten Mal, also vor vier Jahren, sagte die Polizei, es sei halt ein Besoffener gewesen. Das stimmte auch, denn ich hatte seine Fahne riechen können. Nach dem zweiten Mal nahmen sie so einen bettelnden Weihnachtsmann fest, aber der hatte ein hieb- und stichfestes Alibi.«

»Sind Sie verletzt worden?«

»Erst beim dritten Mal. Er stieß meinen Kopf gegen eine Schaufensterscheibe, und ich war eine Weile bewusstlos. Es war schon nach Mitternacht, und ich hatte gedacht, all die bärtigen Burschen seien schon im Bett. Unglücklicherweise gab es keine Zeugen, und deshalb war die Polizei skeptisch, von unnütz ganz zu schweigen...«

»Tja, aber diesmal sieht es anders aus!«, unterbrach ich sie. »Diesmal haben Sie einen Zeugen – mich!« Ich griff nach dem Telefon, aber sie hinderte mich.

»Nein«, sagte Linda, »bitte rufen Sie die Polizei nicht an, Trent. Man würde nur denken, Sie machten sich mir zuliebe eines Meineides schuldig.« (Auch das würde ich tun!) »Und es gibt noch einen anderen Grund. Wenn ich die Polizei verständige, kriegt das mit Sicherheit irgendein Reporter spitz, und ehe man sich's versieht, ist wieder so eine grässliche Geschichte in der Zeitung oder in den Sechs-Uhr-Nachrichten.«

Jetzt verstand ich. »Es hat mit dem zu tun, was damals passiert ist, nicht wahr?«, sagte ich. »Damals vor zehn Jahren.«

»Holly hat es Ihnen erzählt?«

»Ja, hat sie. Dass Sie Ihren Mann erschossen haben, im Weihnachtsmann-Kostüm... Glauben Sie, dass es eine Verbindung gibt zu dem ›jährlichen Ereignis‹?«

»Da bin ich sicher«, antwortete Linda. »Irgendjemand erinnert sich an die Geschichte. Jemand, der meint, ich sei, obwohl eine Mörderin, ungeschoren davongekommen. Jetzt verkleidet er sich wie John und versucht...« Sie brach ab. Ihre Augen waren feucht, was die schönsten blauvioletten Pupillen vergrößerte, die ich je gesehen hatte.

In dem Augenblick wusste ich, dass ich hoffnungslos in sie verliebt war. Zum Teufel mit dem Altersunterschied. Es lagen weniger Jahre zwischen mir und Linda Martindale als zwischen mir und ihrer Tochter.

»Darf ich Sie etwas fragen? Warum haben Sie nicht Ihren Verlobten gebeten, Sie nach Haus zu bringen?«

»Weil Lucien nicht an den Weihnachtsmann glaubt. Er möchte mich nicht in dem bestärken, was er meine ›Einbildung‹ nennt. Außerdem hatten wir einen kleinen Streit.«

Ich hätte zu gerne gefragt, worum es gegangen war, ließ es aber. »Tja«, sagte ich stattdessen, »sollten Sie mal wieder einen Begleiter brauchen, ich stehe mit Freuden zur Verfügung.« Ich griente, als ich das sagte, aber natürlich war es mein voller Ernst.

»Im Augenblick sollten Sie Ihre Dienste wohl besser meiner Tochter anbieten. Ich bin sicher, dass Holly inzwischen wieder bei klarem Verstand ist, soweit sie etwas Derartiges hat.«

Ich verabschiedete mich nur ungern und kehrte zum Wallaceschen Haus zurück. Die Party war vorbei. Lucien war allein und nicht sonderlich freundlich. Er fragte nicht nach Linda, und ich sagte ihm nichts von der Attacke des Weihnachtsmannes. Schon bald erschien Holly, die verschlafen aussah. Sie fragte, was ich getrieben hätte, und ich berichtete ihr, was der Mama – Betonung auf der letzten Silbe – widerfahren war.

»O nein«, sagte sie. »Bestimmt hat sie auch den angeheuert.«

»Was?«

»Alle diese Weihnachtsmann-Angriffe sind nicht echt, Trent. Sie erfindet oder inszeniert sie. Frag mich nicht, warum. Aus Sympathie, nehme ich an... Können wir jetzt nach Hause gehen?«

»Gleich. Wo finde ich für kleine Jungs?«

Ich fand die Toilette selbst, hinten in der Diele. Ich ging hinein, weil ich davon ausging, dass niemand darin sein würde. Das machte den Schock nur umso größer.

Andrew Scully war darin. Das war an sich noch nicht unbedingt überraschend, wohl aber die Tatsache, dass er vor dem Spiegel stand und sich sein glattes weißes Haar kämmte. Das haute mich nun wirklich um!

Ich dachte immer noch an den aus dem Rollstuhl auferstandenen Andrew Scully, während ich Holly zu ihrer Wohnung begleitete – das heißt zu Pat Michaels' Wohnung.

Pat machte auf und war von meinem Anblick nicht erbaut. »Kommen Sie rein«, sagte sie frostig. Sie nahm mir Holly ab und lotste sie zum Schlafzimmer. Es war an diesem Abend bereits das zweite Mal, dass ich sitzengelassen wurde. Ich wusste nicht, ob ich warten oder gehen sollte. Ich sah mich in dem in frühem Bloomingdale-Stil eingerichteten Wohnzimmer um. Zwei Minuten später erschien Pat, verschränkte die Arme und sagte: »Ich wusste gar nicht, dass Sie hinter kleinen Kindern her sind, Mr. Bailey. Vielleicht geht es mich ja nichts an, aber wissen Sie, dass Holly kaum aus den Teenagerjahren raus ist?«

»Sie haben, was das Erstere angeht, vollkommen recht«, sagte ich liebenswürdig. »Es geht Sie wirklich gar nichts an. Und was das Letztere betrifft: Holly wird im April einundzwanzig.«

»Bandeln Sie immer mit Frauen an, die fünfzehn Jahre jünger sind als Sie?«

»Ich habe mit Holly nicht angebandelt und tue ihr auch sonst nichts an. Sie hat mich zu der Party eingeladen, und ich dachte, es wäre ungehobelt, die Einladung abzulehnen.«

Sie war ein bisschen besänftigt, aber noch nicht ganz. Ich ging zur Tür, und sie sagte: »Warten Sie, setzen Sie sich. Wir sollten uns mal unterhalten.«

Pat war eine attraktive Frau, wahrscheinlich in Lindas Alter, aber was die Wirkung anbetraf, bestand ein Unterschied wie Tag und Nacht. Sie bot mir nicht einmal etwas zu trinken an. Ließ sich einfach aufs Sofa plumpsen und setzte das Konversationsrad in Gang.

»Ich weiß, dass ich mich nicht einmischen sollte, und es tut mir leid, wenn es sich anhört, als wollte ich Kritik üben. Aber ich mag Holly. Deshalb habe ich ja auch vorgeschlagen, dass sie zu mir zieht. Um sie vor den Wolfsrudeln da draußen zu schützen.«

»Oh, ich habe es längst aufgegeben, in Rudeln rumzulaufen. Ich bin inzwischen ein einsamer Wolf.«

»Das war kein persönlich gemeinter Vergleich. Ich glaube lediglich, dass Holly Sicherheit braucht.«

»Wäre das nicht der Job der Mutter?«

»Die Mutter ist nicht die Lösung, sondern das Problem.«

»Meinen Sie wegen der Schießerei? Die Art und Weise, wie ihr Vater gestorben ist?«

»Holly war damals erst neun Jahre alt«, antwortete Pat Michaels. »Sie war Augenzeugin. Als die Polizei kam, musste sie denen erzählen, was ihre Mutter getan hatte. Das kann nicht sehr leicht gewesen sein.«

»Sie muss aber ausgesagt haben, dass es ein Unfall war. Das war dann auch das Votum des Gerichts.«

Pat sah aus, als hätte sie in eine Zitrone gebissen. »Und das Gericht hat natürlich immer recht, nicht wahr?«

»Irgendetwas sagt mir, dass Sie Linda Martindale nicht besonders mögen. Es muss Sie ziemlich gemopst haben, als Sie erfuhren, dass Ihr Boss sie heiraten würde.«

»Vielleicht gehen Sie jetzt besser«, sagte Pat Michaels.

Ich hätte dieser Aufforderung durchaus Folge geleistet, wäre Holly nicht plötzlich wieder auf der Bildfläche erschienen. Sie trat in einem langen Nachthemd in die Tür und sah aus wie das kleine Waisenmädchen Annie, ganz einsam und von aller Welt verlassen.

»Hast du es ihm gesagt?«, fragte sie Pat. »Hast du Trent erzählt, was ich dir erzählt habe? Das, was ich in jener Nacht tatsächlich gesehen habe?«

»Geh wieder ins Bett, Holly. Mr Bailey wollte sich gerade verabschieden.«

»Möchtest du es wirklich wissen?« Holly sprach jetzt zu mir. »Ich glaube nicht. Und ich bin sicher, Lucien Wallace will es auch nicht wissen. Männer sind so blöde.«

Dem vermochte ich nichts entgegenzusetzen.

»Ich sag dir, was meine Mutter der Polizei erzählt hat und was ich gesehen habe. Da gibt es einen Unterschied. Einen großen Unterschied.«

Ich merkte plötzlich, dass ich den Atem angehalten hatte. Auf diese Weise konnte man leicht ersticken!

»Sie war in ihrem Schlafzimmer und ich im Zimmer gegenüber... Sie sagte, sie hätte unten ein Geräusch gehört. Sie sagte, sie hätte Angst gehabt. Zwei Frauen allein in einem großen Haus... Du weißt schon.«

»Ja«, sagte ich.

»Sie holte diese Flinte aus dem Schrank... die von meinem Vater. Sie ging auf Zehenspitzen die Treppe runter. Sie machte kein Licht, um nicht selber zur Zielscheibe zu werden.«

»Holly«, sagte Pat Michaels, »möchtest du das alles wirklich erzählen? Welche Bedeutung hat es denn schon für... diesen Menschen?«

»Sie kam im Dunkeln die Treppe herunter«, fuhr

Holly ungerührt fort. »Sie erblickte im Wohnzimmer diesen merkwürdig aussehenden Mann, einen Einbrecher oder Mörder, und als er auf sie zukam, drückte sie ab, und er fiel zu Boden. Sie machte das Licht an und sah, wie ein Weihnachtsmann auf ihrem Wohnzimmerteppich verblutete. Woher hätte sie wissen sollen, dass es sich um ihren Mann handelte? Ihr Mann, der schon vor Monaten ausgezogen war, um bei seiner Freundin zu wohnen, Trish oder Trixie ...«

Sanft sagte ich: »Es klingt plausibel, Holly.«

»An der ganzen Geschichte stimmt nur eines nicht ... sie ist nicht wahr. Sie ist erstunken und erlogen. Sie hat ihn nicht im Dunkeln erschossen. Sie hat ihn nicht von der Treppe aus erschossen. Nein, das Licht brannte. Daddy lag auf dem Wohnzimmerteppich ... in seinem Weihnachtsmann-Kostüm. Mama stand direkt neben ihm und feuerte auf ihn. Peng, peng. So war das! Es war kein Unfall! Nein, es war ein kaltblütiger Mord!«

Ich war nicht gerade in Weihnachtsstimmung, als der große Tag nahte. Ich gelangte langsam zur Ansicht, dass Ebenezer Scrooge doch recht hatte.

Meine Mutter, die Gedanken lesen kann (zumindest meine), kam zu dem Schluss, dass es Probleme mit den Frauen sein mussten. Ich hatte schon ein Dutzend »ernsthafte« Freundinnen gehabt, doch keine hatte mich zum Altar geführt. Sie war des Wartens müde. Ihre biologische Uhr tickte, sie wollte Enkel sehen!

Ich konnte ihr natürlich nicht die Wahrheit sagen. Dass die Frau, nach der ich mich verzehrte, schon ein Kind hatte und dass ich mit diesem »ging«. Holly ging mir im Übrigen seit jenem Abend, an dem sie ihre Mutter des vorsätzlichen Mordes beschuldigt hatte, aus dem Weg.

Aber es war ja auch Linda, die ich eigentlich wiedersehen wollte. Ich ersann ein Szenario. Ich würde in der Nähe ihres Hauses herumlungern und einfach »in sie reinrennen«, wenn sie zum Einkaufen ging. Ich würde mich erbieten, ihr die Tüten und Taschen zu tragen. Wir würden unterwegs in einer schummrigen Cocktailbar etwas trinken, wir würden uns unterhalten, zunehmend vertraulich ... Aber ich wusste schon, dass es eine törichte Idee war.

Dann jedoch geschah es – das Wunder der 54. Straße!

Ich befand mich gerade im Büro von Lucien Wallace, das die Größe einer Bahnhofshalle hatte. Es war nach Dienstschluss, und ich präsentierte ihm die neuste *Golden-Cereal*-Anzeige. Er war jedoch in Gedanken ganz woanders, und als das Telefon klingelte, griff er schnell nach dem Hörer, lauschte dreißig Sekunden hinein und fing dann an zu toben.

»Was für ein Scheißservice ist denn das? Wissen Sie eigentlich, was für gute Geschäfte ihr Leute uns verdankt?« Er knallte den Hörer auf die Gabel und sah mich an. »Bailey, könnten Sie mir wohl einen Gefallen tun?«

Hätte ich nein sagen können?

»Der verdammte Laden unten im Haus kann keine Blumengrüße überbringen, und ich muss Mrs Martindale auf der Stelle einen Strauß schicken... Sie kennen doch die Adresse.«

»Ja, Sir«, sagte ich.

Es stellte sich heraus, dass es der größte Rosenstrauß war, den ich je gesehen hatte. Fragen Sie mich nicht, wie ich den ins Taxi reingekriegt habe. Aber ist ja auch egal. Jedenfalls hatte ich einen idealen Vorwand, Linda aufzusuchen.

Sie lachte, als sie mich aus dem Strauß herausschauen sah. Sie rief ein Mädchen und trug ihr auf, sich um die Rosen zu kümmern, schien von Luciens Gabe aber nicht sonderlich beeindruckt zu sein. Ich traute mich zu fragen: »Wofür entschuldigt er sich?«

Linda lächelte und verlangte zu wissen, ob ich etwas zu trinken haben wolle. Ich war zwar schon von ihrer Gegenwart ganz berauscht, sagte aber trotzdem ja. Sie erinnerte sich an meine Vorliebe für Wodka, und während sie mir einen einschenkte, sagte sie: »Es ist immer die alte Geschichte. Ich hatte ihm gesagt, dass ich an keiner Party teilnehmen wolle, zu der auch Andrew Scully erscheine.«

»Sie mögen Mr Scully nicht?«

»Ach, das ist eine lange Geschichte... Erzählen Sie mir lieber von Holly. Treffen Sie sich noch mit ihr?«

»Nicht mehr seit der Party bei Mr. Wallace. Um ehrlich zu sein, ich habe eigentlich keine so große Schwäche für sehr junge Frauen.«

»Und wofür haben Sie eine Schwäche?«

Ich überraschte mich selbst, denn ich beantwortete ihre Frage nicht, sondern sah sie nur an. Sah sie so lange an, bis sie langsam rot wurde. Es war ein tolles rosarotes Erröten, das ihr Gesicht noch schöner machte, als es so schon war. Sie verstand genau, was ich mit meiner wortlosen Antwort sagen wollte.

Schließlich brach sie das Schweigen und sagte leichthin: »Also wirklich, Trent, Sie müssen Älteren ein bisschen mehr Respekt entgegenbringen.«

»Ist es für Sie etwa respektlos, wenn man sich in jemanden verliebt?«

Das Mädchen kam herein und brachte die Vase mit den Rosen. Sie stellte sie auf ein Spitzendeckchen, das auf dem Klavier lag.

Als sie wieder hinausgegangen war, sagte ich: »Verzeihung. Ich sollte so etwas nicht sagen... nicht zu einer Frau, die im Begriff ist, einen anderen zu heiraten.«

»Lucien und ich werden nicht heiraten.«

Hörte ich richtig?

»Wir haben das am Abend der Party beschlossen. Der Streit wegen Scully... der war typisch für unsere Meinungsverschiedenheiten. Die Ehe wäre eine Katastrophe.«

»Ich glaube nicht, dass Mr. Wallace das auch so sieht. Er hat schließlich die Blumen geschickt.«

Sie stand auf und ging zum Klavier, um die Rosen ein wenig umzustecken. Dann sagte sie: »Aber Sie haben sie mir gebracht, Trent.«

Wie gerne hörte ich sie meinen Namen aussprechen!

»Mr. Wallace hat sie bestellt. Der Blumenladen hatte bloß keine Botenjungen mehr frei. Deshalb bat er mich. Wenn ich Ihnen Blumen mitgebracht hätte, dann keine Rosen. Es wären Orchideen gewesen.«

»Woher wissen Sie, dass Orchideen meine Lieblingsblumen sind?«

Ich hätte gern den Anschein des Rätselhaften aufrechterhalten, aber ich war noch nie ein guter Lügner gewesen. »Die Bilder auf dem Klavier«, sagte ich. »Da sind drei Aufnahmen von Ihnen dabei, auf denen Sie Orchideen in der Hand haben.«

Sie lachte und sagte: »Nun, mal ein ehrlicher Mann.«

Ich trat zu ihr ans Klavier. Mein Herz schlug so laut, dass sie mich als Metronom hätte benutzen können. Linda ließ ihren Blick über die Fotos schweifen, bis sie das gesuchte gefunden hatte. Sie gab es mir.

Es war draußen im Freien aufgenommen. Zwei Männer flankierten sie. Sie sah jünger aus als Holly. Ihr langes Haar wehte im Wind. Der eine der beiden Männer war jung und gut aussehend, der andere ein rundlicher, aber noch nicht dicker und verkrüppelter Andrew Scully.

»Jetzt verstehen Sie alles.«

»Nein ... keineswegs.«

»Der Mann links ist mein verstorbener Mann John. Sein Künstlername war John Martindale, sein bürgerlicher John Scully.«

Mir fiel der Unterkiefer herab.

Sie sagte: »Jetzt wissen Sie, warum wir nicht miteinander auskommen. Scully denkt, dass ich seinen Sohn umgebracht habe.«

Da stand ich, war mitten in der wichtigsten Unterhaltung meines Lebens – und tat was? Ich glotzte Linda stumm an! Nicht, dass Linda anzuglotzen nicht eines der größten Vergnügen gewesen wäre, die das Leben zu bieten hat!

Zum Glück hatte sie die Sprache nicht verloren. »Und was denken Sie, Trent Bailey?« Sie lächelte mich freudlos an. »Hat meine Tochter Sie davon überzeugt, dass ich eine mordende Verrückte bin?«

»Ich bin sicher, dass Sie ihn nicht kaltblütig umgebracht haben, wie Holly es behauptet.«

»Und warum nicht? Ich verachtete meinen Mann. Er hatte eine geheime Wohnung, wussten Sie das? Von dieser Art, die die Boulevardpresse gern als ›Liebesnest‹ bezeichnet. Die Miete war höher als die Rückzahlung unserer Hypothek. Jedoch war nichts gut genug für Trish oder Trisha oder Trixie – ich hab den Namen nie richtig mitgekriegt. Und das Mädchen auch nie kennengelernt.«

»Sie hätten den Mistkerl rausschmeißen sollen«, sagte ich erregt.

»Das habe ich. Aber er beschloss wiederzukommen, am Weihnachtsabend. Seit Holly alt genug war, um zu wissen, wer der Weihnachtsmann war, zog er sich dieses lächerliche Kostüm an und kasperte im Wohnzimmer rum. Sie stellte immer Milch und Kekse raus. Er trank die Milch auch, tat allerdings erst ein bisschen Whiskey rein… Aber an jenem Abend hatten wir beide nicht mit dem Weihnachtsmann gerechnet…«

»Sie dachten, es wäre ein Einbrecher«, sagte ich. »Ich zweifle nicht daran, dass das stimmt.«

»Warum das?«, fragte sie mit einem Anflug von Ironie. »Weil du in mich verliebt bist?«

Sie war ganz unvermittelt zum Du übergegangen, was mich dazu ermutigte, es ebenfalls zu tun. »Weil ich dir glaube und nicht ihr.«

Linda entfernte sich wieder von mir. Sie setzte sich aufs Sofa und faltete die Hände im Schoß. Einen beunruhigenden Augenblick lang sah sie mich an und sagte dann: »Wusstest du, dass Holly damals ohnmächtig geworden ist? Dass sie, als sie wieder zu sich kam, sich nicht mehr an den Abend erinnern konnte? Überhaupt nicht mehr?«

»Ich meine, sie hätte mal so etwas erwähnt wie…«

»Man spricht von einer Amnesie, einer zeitlich begrenzten Erinnerungslücke. Also wenn das Bewusstsein einen speziellen Augenblick, an den sich zu erinnern allzu schmerzlich ist, für eine gewisse Zeit löscht. Deshalb hat sie vor der Polizei keine Aussage gemacht.«

Ich stieß einen gewaltigen Seufzer aus und wurde mir der Tatsache bewusst, dass ein Teil von mir Holly doch zumindest halb geglaubt hatte – die Aussage nämlich, dass Linda sehr wohl gewusst hatte, was sie tat, als sie den »Weihnachtsmann« Martindale erschoss.

»Die irren sich beide«, sagte ich, »Holly und ... Andrew Scully.«

»Ja, beide. Ich habe John nicht ermordet.«

Ich wollte sie in die Arme nehmen, wollte es so sehr, dass mir die Arme schon schmerzten. Ich sagte: »Wusstest du, dass Andrew Scully simuliert? Dass er durchaus aus dem Rollstuhl aufstehen kann?«

Das verblüffte sie. »Ist das dein Ernst?«

»Ich habe es mit eigenen Augen gesehen. Zum Glück hat er mich nicht bemerkt. Warum, glaubst du, bleibt er in diesem Rollstuhl hocken?«

»Vielleicht, weil ihm das mehr Macht gibt. Es ist eine Art rollender Thron ... Scully ist ein unergründlicher Mensch. Auf seine Weise auch ein gewalttätiger. Er war als junger Mann bei den Green Berets ...« Sie stand plötzlich auf. »Weißt du was? Ich komme um vor Hunger! Würdest du mich gern zum Essen einladen?«

Ich antwortete mit einem begeisterten Ja.

Ich half ihr in einen Lammfellmantel. Sie schlug ein italienisches Restaurant um die Ecke mit Namen Tuscano vor. Es war klein, hatte nicht mehr als acht kerzenbeleuchtete Tische. Ein perfektes romantisches Ambiente, aber es hätte mir auch nichts ausgemacht, wenn es riesig und rappelvoll gewesen wäre und mich alle Welt mit der schönsten Frau am Arm gesehen hätte.

Ich kann mich nicht mehr daran erinnern, worüber wir uns unterhielten, was wir aßen und tranken. Ich erinnere mich nur noch an ihr Gesicht, die Art, wie sich die Kerzenflammen in ihren Augen spiegelten, die Art, wie ihre Lippen Wörter formten.

Es war schon fast Mitternacht, als ich Linda wieder nach Hause brachte und dabei mit äußerster Vorsicht auf die Wolken unter meinen Füßen trat.

Sie bat mich nicht herein, tat jedoch etwas anderes. Sie beugte sich zu mir vor, als erwarte sie einen Kuss – und ich enttäuschte sie nicht.

Als ich ihr eine gute Nacht wünschte, waren die Wolken wolkiger denn je.

Ich hätte besser achtgeben sollen! Ich hätte den leuchtend roten Anzug wahrnehmen müssen, hätte bemerken müssen, dass dieser Straßenecken-Weihnachtsmann keinen Schornstein bei sich hatte, sondern nur ein kleines Glöckchen, das blechern und stumpf klang. Aber dann steckte er es ein und holte etwas anderes aus der Tasche. Als ich mich noch einmal nach Linda umdrehte, sah ich ein Funkeln, den Widerschein der Straßenlaterne auf Stahl, und mir wurde klar, dass das nur ein Messer sein konnte. Ich brüllte wie ein Stier, konnte aber nicht mehr verhindern, dass er Linda das Messer in den Rücken stieß.

Vielleicht hätte ich mich erst einmal um Linda kümmern sollen, aber mein Adrenalinspiegel war hochgeschnellt, und ich schoss hinter der rundlichen Gestalt her, die diesmal nicht gar so schnell war. Ich holte den Mann ein und stürzte mich wie ein Berglöwe auf seinen Rücken. Er fiel auf den Bürgersteig, und seine Weihnachtsmannkapuze rutschte ihm vom Kopf. Langes, schwarzes Haar quoll hervor, und da sah ich, dass es gar kein Weihnachtsmann war, sondern eine Weihnachtsfrau namens Pat Michaels.

Als ich kam, saß sie auf einem Stuhl. Das Krankenhauszimmer war voller Blumen, die meisten hatte ich geschickt. Eine Krankenschwester, die gereizt mit der Zunge schnalzte, nahm ein paar der Sträuße an sich.

»Verbrauchen allen Sauerstoff!«, sagte sie. »Ich habe Wohlfahrts-Patienten, die gut welche davon gebrauchen können.«

Linda lachte. »Du hast es übertrieben, Trent. Ich werde heute Vormittag entlassen, weißt du.«

»Deshalb bin ich ja hier.«

»Holly auch. Sie spricht gerade mit dem Arzt über die häusliche Pflege. Ich denke, da braucht es nicht viel, die Wunde ist ja so klein.«

»Gott sei für das Lammfell gedankt«, sagte ich.

»Das Messer ist da kaum durchgekommen. Aber ich hoffe trotzdem, dass es dich nicht davon abhalten wird, diese Verrückte in den Knast zu schicken...«

»Sie ist keine gewöhnliche Kriminelle«, sagte Linda traurig. »Sie ist eine kranke Frau, Trent! Sie muss John wirklich sehr geliebt haben.«

»Du hast nicht gewusst, wer sie war, als Lucien sie einstellte?«

»Ich hatte keine Ahnung. Wie ich dir schon sagte, habe ich diese Trish oder Trisha oder Trixie nie kennengelernt ... es ist mir nie in den Sinn gekommen, dass das alles Kosenamen für Patricia sind.«

»Wie Pat auch.«

»Ja«, sagte Linda.

»Um ehrlich zu sein, ich dachte, dein gefährlicher Weihnachtsmann wäre Andrew Scully ... nachdem ich mitgekriegt hatte, dass er sehr wohl noch laufen kann. Er ist wie gemacht für die Rolle, und er hätte ja durchaus seine eigenen Gründe, dir etwas antun zu wollen.«

Linda schüttelte den Kopf. »Nein, ich glaube nicht, dass Scully so etwas fertigbrächte. Natürlich hat ihn Johns Tod schwer getroffen, und ich denke, er war mir ganz und gar nicht freundlich gesinnt. Vor allem nicht, als Holly aus ihrer Fugue erwacht war ...«

»Aus was?«

»So haben die Ärzte den Zustand bezeichnet, in dem sie sich damals befand. Es hat lange gedauert, bis sie wieder normal funktionierte, auch wenn sie sich nicht mehr daran erinnern konnte, was in jener Nacht geschehen war.«

Es gab im Krankenzimmer noch einen zweiten Stuhl, und den stellte ich jetzt neben den ihren. Ich nahm ihre Hand. »Wirst du mir sagen, was passiert ist? Holly hat mir erzählt, was du der Polizei erzählt hast... die Geschichte, von der sie behauptet, dass sie nicht stimme.«

Es war nicht Linda, die meine Frage beantwortete, sondern jemand anderes. Holly stand, ein paar Papiere in der Hand, in der Tür. Sie sah uns an, und ihre Augen billigten, was sie sahen, denn sie lasen aus unserer Körpersprache die richtige Bedeutung heraus. »Ich werde ihm die Geschichte erzählen, Mutter. Die wahre Geschichte.«

»Ach Holly«, sagte Linda. »Du weißt, dass wir sie am besten alle vergessen.«

»Ja«, erwiderte die Tochter bitter, »nur dass ich das Falsche vergessen habe, nicht wahr? Ich musste es vergessen, musste mir eine völlig neue Erinnerung erschaffen, damit ich weiterleben konnte...«

»Wovon sprichst du?«

»Sag's ihm«, antwortete Holly. »Trent hat ein

Recht, es zu erfahren. Er liebt dich doch, oder ist dir das entgangen? Bitte, Mutter!«

Linda seufzte. Sie schob das Kissen in ihrem Rücken zurecht und faltete die Hände im Schoß. »John ist an jenem Weihnachtsabend ins Haus eingedrungen. Er hatte den Schlüssel zur Haustür noch. Aber er trug kein Weihnachtsmann-Kostüm. Es war ja auch nicht der Geist der Weihnacht, die ihn beseelte. Nein, er wollte Holly dazu überreden, zu ihm und seiner geliebten Trisha...«

»Wie konnte er annehmen, dass sie so etwas tun würde?«

Holly sagte: »Er versprach mir alles Mögliche. Daddy war ja reich, zumindest seine Familie war es. Er stahl sich in mein Zimmer, versprach mir ein Shetlandpony, mein eigenes Segelboot, ein Auto, wenn ich alt genug wäre, um fahren zu dürfen. Er sagte, ich würde Trisha mögen...«

»Ich hörte schließlich ihre Stimmen«, unterbrach Linda sie. »Ich ging zu Holly hinein, und das machte John so wütend, dass er... handgreiflich wurde...«

»Er hat Mom geschlagen!«, sagte Holly mit der Stimme eines Kindes.

»Holly lief hinaus. Sie lief in mein Schlafzimmer... Was einmal unser Schlafzimmer gewesen war. Sie wusste, dass die Flinte dort im Schrank stand...«

»Mein Gott«, entfuhr es mir, »dann ist es... Holly gewesen...«

»Daddy hatte mir beigebracht, wie man damit umgeht. Ich feuerte beide Läufe auf ihn ab. Er war sofort tot.«

»Aber... das Weihnachtsmann-Kostüm?«

»Das war meine Idee«, sagte Linda. »Ich schleppte Johns Leiche ins Wohnzimmer. Dann holte ich seinen Weihnachtsmann-Anzug aus der Mottenkiste. Ich legte den Anzug auf den Boden und feuerte zweimal darauf.«

Ich sagte: »Als sich Holly also daran erinnerte, dass du dort gestanden und absichtlich auf einen am Boden liegenden Körper gefeuert hattest...«

»Ich habe nur dieses Weihnachtsmann-Kostüm erschossen. Und es dann irgendwie geschafft, es dem Toten überzuziehen. Danach rief ich die Polizei an...«

Holly sagte: »Das war meine letzte zutreffende Erinnerung. Als die Polizei kam, war ich schon in diesem komischen Fugue-Zustand...«

Sie brach ab, sah ihre Mutter an und warf sich dann in ihre Arme. »Mir tut das alles so leid, was ich gesagt habe.« Sie barg das Gesicht in Lindas Morgenrock. »Ich war die ganze Zeit, seit du mir gesagt hattest, du wolltest Lucien heiraten, so wütend auf dich, dass ich einfach bei dir ausziehen musste…« Sie sah zu mir hoch. »Wirst du sie jetzt heiraten?«

Ich sagte: »Das weiß ich nicht. Sie hat noch nicht um meine Hand angehalten.«

Wir werden am 1. Juni getraut. Versuchen Sie, rechtzeitig da zu sein.

Ingrid Noll

Der Schneeball

Es war Sommer, als ich Claudia kennenlernte. Meine Wohnung war eng, dunkel und hatte keinen Balkon. Es bot sich geradezu an, bei schönem Wetter mit einem Tütchen Himbeerbonbons in der Tasche und dem Laptop unterm Arm das stickige Haus zu verlassen. Gleich um die Ecke gab es einen Kinderspielplatz, wo es meistens erst am Nachmittag laut und betriebsam zuging.

An jenem warmen Julimorgen saß ich auf einer Bank und schrieb an meiner überfälligen Semesterarbeit: »Die militante Kinderstube«. Es ging um Kriegsspielzeug, mit dem seit Ewigkeiten die kleinen Buben auf ihre angebliche Bestimmung vorbereitet werden, so wie man die Mädchen mit Puppenküchen ködert. Auf dem Spielplatz war es angenehm still, nur eine alte Frau saß strickend auf der Nachbarbank und bewachte den Inhalt eines Kinderwagens; ich konnte ungestört arbeiten.

Plötzlich war es mit der Ruhe vorbei. Eine Frau tauchte mit einem Knaben auf, den man schon aus der Ferne brüllen hörte: »Gib mir meine Wasserpistole wieder!« Ich blickte auf. Es war zwar eine schöne junge Mutter, die sich da mit ihrem aufsässigen Sohn abplagte, aber wahrscheinlich hatte es wenig Sinn, hier sitzen zu bleiben. Ich kenne solche Situationen: Kinder im Vorschulalter sind Nervensägen und machen ein konzentriertes Arbeiten fast unmöglich.

Gerade wollte ich aufstehen, als der Junge anfing zu singen. Aber im Gegensatz zu anderen Müttern, die sich bei Gesangsdarbietungen ihrer Kids mit stolzem Lächeln nach Publikum umschauen, zischte sie aufgebracht: »Du weißt genau, dass ich dieses Lied nie wieder hören will!«

Nun war ich neugierig geworden. Sang ein Fünfjähriger bereits unanständige Lieder? Oder war die Mutter eine besonders prüde oder humorlose Frau? Ich schaltete mich ein und gab mich als Student der Sozialpädagogik zu erkennen und somit als Profi in der Kindererziehung aus.

Obwohl sie sicherlich ein paar Jahre älter war als ich und im Gegensatz zu mir praktische Erfahrungen im Umgang mit einem Kind hatte, fiel sie sofort darauf herein. »Es ist mir so peinlich!«, sagte sie. »Aber Nicos neunzigjähriger Urgroßvater wohnt bei uns im Haus; er macht sich einen Spaß daraus, dem Kind völlig abwegige Gedichte und

Lieder beizubringen. Leider ist mein Mann ganz anderer Meinung und findet, ich würde das viel zu ernst nehmen.«

Nico spitzte aufmerksam die Ohren. »Willst du das Lied hören?«, fragte er mich wie einen Schiedsrichter.

Seine Mutter schüttelte den Kopf, ich nickte.

Der Kleine baute sich vor mir auf und begann:

> Wer will unter die Soldaten,
> der muss haben ein Gewehr,
> der muss haben ein Gewehr,
> das muss er mit Pulver laden
> und mit einer Kugel schwer ...

Sozusagen von Berufs wegen war ich fasziniert, während Nicos Mutter wie ein Teenager errötete. Ich ließ mir den Text noch einmal aufsagen und notierte alles in meinem Laptop.

Die zweite Strophe war ebenso martialisch wie die erste:

> Der muss an der linken Seite
> ein scharfen Säbel han,
> dass er, wenn die Feinde streiten,
> schießen und auch fechten kann ...

Mit erstaunten Kulleraugen verfolgte die blonde Frau, wie der anstößige Text auf dem Display erschien und abgespeichert wurde. Vielleicht hielt sie mich in ihrem ersten Schrecken trotz meiner langen Haare für einen Rechtsradikalen und begann sich vor mir zu fürchten. Leicht amüsiert erklärte ich, dass dieses Lied eine gute Ergänzung zu meinem ganz und gar pazifistischen Aufsatz sei, der sich mit den Auswüchsen des Militarismus in der Kinderstube des 19. Jahrhunderts befasse. Es war bemerkenswert, wie rasch ihr Misstrauen in Bewunderung überging.

Gegen Mittag folgte ich ihr nach Hause, weil sie für den hungrigen Sohn und den zahnlosen Großvater Spaghetti kochen wollte. Ich hätte zwar lieber wie bei meiner eigenen Mutter getafelt, denn Nudeln konnte ich auch selber zubereiten. Aber es schmeckte nicht schlecht, Nico bekam zum Abschluss meinen letzten Himbeerbonbon und ich ein Küsschen.

Es war fast selbstverständlich, dass wir uns am nächsten Tag auf dem Spielplatz wiedertrafen.

Unser Verhältnis dauerte den ganzen Sommer. Claudias Mann hatte beruflich in Kanada zu tun und wurde glücklicherweise erst im September zurückerwartet. Gegen 23 Uhr, wenn Nico und der Opa schliefen, war meine Stunde gekommen; bevor es hell wurde, schlich ich wieder davon. Es war eine schöne Zeit.

Im Herbst wurde es mir auf dem Spielplatz zu kühl, außerdem besuchte Nico jetzt wieder den Kindergarten. Da der Ehemann und Vater zurückgekehrt war, musste unsere Affäre abrupt beendet werden. Ich weiß nicht genau, wie es Claudia erging, aber ich litt wie ein ausgesetzter Hund. Es war kein großer Trost, dass meine Arbeit über die militante Kinderstube mit einer sehr guten Note bewertet wurde.

Kurz vor Weihnachten teilten mir meine Eltern schriftlich mit, dass sie in diesem Jahr das Fest im Kreise gleichgesinnter Rentner auf Mallorca feiern wollten. Mit anderen Worten: Sie hielten mich nicht mehr für ihren kleinen Tommy, der an den Weihnachtsmann glaubt. Ich konnte sehen, wo ich blieb. Zwar gab es verschiedene halbherzige Versuche, gemeinsam mit Freunden etwas zu unternehmen, aber schließlich blieb ich doch zu Hause und tat mir leid.

Meinen einsamen Weihnachtsnachmittag gestaltete ich hauptsächlich mit dem Kinderprogramm im Fernsehen, den Abend mit den Resten verschiedener Flaschen. Gegen Mitternacht brummte mir der Kopf, und ich verließ das Haus, um klarer denken zu können. Es schneite seit Stunden, so wie es sich viele Menschen – außer meinen egoistischen Eltern – inbrünstig gewünscht hatten.

Vor dem Haus meiner Geliebten blieb ich stehen; wie ich wusste, schlief das Ehepaar getrennt. Claudias Schlafzimmerfenster war noch erleuchtet, und ich wurde von sehnsüchtigen Gefühlen geradezu überwältigt. Wie schön wäre es, wenn sie jetzt das Fenster weit öffnen würde, um für die Nacht noch einmal frische Luft hereinzulassen!

Der Schneeball war rasch geknetet und traf perfekt. Aber statt eines sanften, watteweichen Aufpralls, der meine zärtlichen Absichten wie ein Hauch verkünden sollte, schepperte es ohrenbetäubend. Unabsichtlich hatte ich offenbar einen Stein eingebacken und die Scheibe wie mit einem Geschoss zertrümmert.

Gebannt blieb ich stehen, denn Claudia musste wohl oder übel reagieren, wenn auch sicherlich nicht mit großer Begeisterung. Aber am Heiligabend sollten kleine Sünden ja leichten Herzens vergeben werden.

Statt des beschädigten Fensters wurde jedoch die Haustür aufgerissen, und ein großer Mann in Pantoffeln und Schlafanzug schlappte, so stramm es ging, auf mich zu. Mir rutschte nicht nur das Herz, sondern auch reichlich Schnee in die Hose, denn bei meinem eiligen Start glitschte ich schon nach wenigen Metern aus und fiel rücklings hin.

Claudias Mann war ein Riese, der mich wie einen

Zwerg mit einer Hand in die Senkrechte zog. »Das gibt eine Anzeige!«, schnauzte er. »Einfach weglaufen, das könnte Ihnen so passen! Sie kommen jetzt mit ins Haus, und ich rufe die Polizei.« Meinen Beteuerungen, den Schaden ersetzen zu wollen, schenkte er keinen Glauben. Kurz darauf saß ich neben einem prächtig geschmückten Tannenbaum und legte dem erzürnten Hausherrn meinen Ausweis vor.

In diesem Moment kam Claudia in einem hellgelben Negligé herein und brach bei meinem Anblick in markerschütterndes Gekreische aus.

»Leg dich wieder schlafen«, sagte ihr Mann, »die Angelegenheit ist sofort erledigt.«

»Bitte tu ihm nichts!«, winselte sie.

»Bloß keine Hysterie, meine Liebe«, sagte er, »es ist nur ein Besoffener, der nach vollendeter Tat schnell abhauen wollte. Vandalismus ist aber kein Kavaliersdelikt.«

Und zu mir gewandt: »Schämen sollten Sie sich! Für Lausbubenstreiche sind Sie zu alt! Wie soll ich jetzt an den Feiertagen und bei diesem Wetter einen Glaser herkriegen!«

Leider verzog sich Claudia immer noch nicht, wie er befohlen hatte, sondern heulte und zitterte, was das Zeug hielt. »Er ist doch gar kein Einbrecher!«, schluchzte sie, obwohl das niemand behauptet hatte.

Um sie zu beruhigen, trat ich an den Wandschrank und holte die Wodkaflasche und ein Gläschen heraus.

»Danke, das tut gut«, sagte sie und trank aus.

Nun erst begann ihr Mann, hellhörig zu werden. Er musterte seine Frau argwöhnisch und fragte: »Kennst du diesen hergelaufenen Penner etwa?«

»Nein«, sagten Claudia und ich wie aus einem Munde, aber nun brüllte er: »Wie kann er wissen, wo mein Schnaps steht?«

Wahrscheinlich war er viel zu laut geworden, denn Nico wurde wach und betrat nun ebenfalls die Bühne. Verpennt, zerstrubbelt und barfuß stand er in der offenen Tür und zielte mit einem Plastikcolt direkt auf mein Herz. »Schade«, sagte er und ließ die Waffe sinken, »es ist ja gar kein Räuber, sondern nur der Tommy!«

Nicos Vater packte seinen Sohn am Schlafittchen. »Woher kennst du diesen Kerl?«, fragte er.

»Vom Spielplatz natürlich«, sagte Nico, »das ist doch der gute Onkel, der mir immer Bonbons schenkt!«

Natürlich trug diese Aussage nicht unbedingt zu meiner Entlastung bei. Aber jetzt meldete sich erst einmal Claudia zu Wort, um mit einem erzieherischen Anliegen von der eigenen Person abzulenken. »Woher hast du diese schreckliche Waffe?«, herrschte sie ihren Sohn an.

»Von Opa natürlich«, sagte Nico und rieb sich die müden Augen.

Das Familienoberhaupt nahm dem Kind die Knarre weg. »Die sind aber heutzutage schwer, diese Dinger«, stellte er fest und gab Nico einen Klaps auf den Po. »Geh wieder ins Bett«, befahl er, »und gewöhn dir ein für allemal ab, auf Menschen zu zielen!«

Nico wandte sich zur Tür, die vielen Fragen und Verbote wurden ihm ohnedies lästig. »Was ist eigentlich *zielen*?«, fragte er, wohl um noch ein wenig Zeit zu gewinnen.

»Aber Nico, das weißt du doch genau«, sagte der Vater und richtete den Revolver demonstrativ auf mich. »*Zielen* geht sooo…! Und nimm nie wieder von einem fremden Onkel Bonbons an…«

Ich stand auf und wollte mich, gemeinsam mit Nico, aus dem Raum stehlen.

In diesem Augenblick krachte ein Schuss los. Ich spürte so etwas wie einen Schlag am rechten Bein und stürzte gegen den Weihnachtsbaum.

In ihrem panischen Schrecken schrie sich Claudia fast die Seele aus dem Leib, Nico heulte los wie eine Sirene, der schwere Baum neigte sich ächzend aus seinem allzu zierlichen Ständer und donnerte schließlich unter dem nicht enden wollenden Klirren der vielen Glaskugeln zu Boden. Und zu allem Unglück hatte entweder der Baum oder ich die offene Wodkaflasche mitgerissen, so dass sich das helle Wässerchen mit meinem Blut zu einem ekligen Cocktail vermischte.

Die Kugel in meiner Wade musste operativ entfernt werden, verursachte aber glücklicherweise keine bleibenden Schäden. Am zweiten Feiertag besuchte mich Claudia im Krankenhaus. Sie erzählte, dass sich ihr Mann bisher vergeblich um einen Glaser und um die Einweisung des militanten Großvaters in eine psychiatrische Klinik bemüht habe.

Als ich am nächsten Tag glücklich wieder im Bett meiner ausgekühlten Wohnung lag, erhielt ich einen Anruf meiner Mutter aus Mallorca. Sie schwärmte davon, dass sie den mittäglichen Espresso bei schönstem Sonnenschein auf der Terrasse trinke. Meine Eltern vermissten mich offenkundig nicht sonderlich, aber sie ahnten natürlich nicht, was ein Schneeball alles bewirken kann und wie knapp ihr armer Tommy dem Tod entronnen war.

Andrea Maria Schenkel

Lostage

Schwarze Nächte zwischen Weihnachten und Neujahr, Rauhnächte, Lostage. An ihnen wird über Glück und Unglück der Menschen entschieden, ihr Schicksal im neuen Jahr. Tage voller Gebote und Verbote. Mündlich überliefert von Generation zu Generation, alle müssen sie eingehalten werden. Entscheiden sie doch über Reichtum, Gesundheit und Liebe. Über Not, Krankheit und Tod. So darf keine Wäsche gewaschen werden, denn das Wasser, das aus der nassen Wäsche läuft, sind die Tränen, die im neuen Jahr vergossen werden. Immer wieder hat ihr die Mutter davon erzählt. Agnes machte sich bittere Vorwürfe, sie hatte gegen dieses Gebot verstoßen, hatte die Wäsche gewaschen. Was hätte sie auch tun können?

Die Mutter hatte das Blutspucken, und Agnes konnte die Wäsche schlecht liegen lassen, das Nachtgewand und das Bettzeug wären verdorben, sie hätte es nie mehr sauber bekommen. Und so hatte sie halt trotz besseren Wissens die Wäsche gewaschen. Heimlich zwar und bei verschlossenen Fensterläden, aber noch während sie die nassen Wäschestücke in der Kuchl über dem Herd zum Trocknen aufhing, wusste sie, dass sie Schuld auf sich geladen und dem Unglück die Tür weit aufgemacht hatte, so dass es einfach nur hereinspazieren musste und sich hier im Haus breitmachen konnte.

Schon seit dem Frühjahr des nun zu Ende gehenden Jahres hatte die Mutter gekränkelt. Manchmal hatte sie einen guten Teil des Tages in ihrem Bett oder auf dem Kanapee in der Küche verbracht. Agnes versorgte derweil den Haushalt, pflegte die Mutter, gab sich Mühe, die Bäuerin zu ersetzen, so gut es mit ihren knapp 17 Jahren eben ging.

Mit dem Allerseelentag kamen die Herbstnebel, und ab Allerheiligen ist es der Mutter noch schlechter gegangen. Die Nebel setzten ihr zu, das Schnaufen war ihr immer schwerer gefallen. Kurz vor Weihnachten wurde auch noch der Husten schlimmer. Ein jeder konnte sehen, wie sie immer mehr und mehr verfiel, wie sie dahinschwand. Am Heiligen Abend war sie ganz schlecht beieinander. Zu Fuß konnte sie nicht zur Kirche gehen, zu Hause bleiben wollte sie aber auch nicht: Wird doch heute unser Heiland geboren. Da hatte der Vater das Ross angespannt, und so sind die drei mit dem Wagen zur Christmette gefahren.

Während der Mette fing es, von den Kirchgängern unbemerkt, zu schneien an. Als die Gläubigen nach der Mette hinaus auf den Kirchhof drängten, war alles schon ganz weiß. Und es fielen noch immer große Flocken vom Himmel. Wie Daunenfedern.

Die Mutter fühlte sich schwach und schwindelig, nur mit Mühe konnte sie sich auf den Beinen halten. Die mit Weihrauchduft gesättigte Luft hatte ihr mehr zugesetzt als zunächst angenommen. Aber obwohl ihr so malade zumute war, huschte doch ein kleines Lächeln über ihr Gesicht, und sie freute sich über die feierliche Messe und an dem Schnee, der unablässig vom Himmel fiel und alles festlich weiß bedeckte. Nun war die Weihnacht endlich gekommen. Auf der Rückfahrt hing der Schnee dick und schwer in den Bäumen. Zu Hause angekommen, hatte die Mutter ganz rote Backen, und die Augen leuchteten. Sie sah mit einem Mal wieder viel gesünder aus, und die Hoffnung machte sich breit, es könnte mit ihr vielleicht bald wieder aufwärtsgehen. Doch bereits am darauffolgenden Tag hatte sie das Bett gar nicht mehr verlassen können. Sie fieberte und lag den ganzen Tag in der Kammer. Der Husten wurde immer schlimmer, und am Abend bekam die Mutter das Blutspucken. Die ganze Nachtwäsche und das Bett waren voll davon. Agnes legte die schmutzige Wäsche in den Weidenkorb und trug ihn in die Kuchl. Und noch am selben Abend hatte das Mädchen die Wäsche ausgekocht und zum Trocknen über dem Herd aufgehängt. Doch das schlechte Gefühl, das sie dabei hatte, wollte nicht weichen, es blieb, was immer sie auch tat, saß ihr im Genick, lauerte wie eine große schwarze Spinne.

Wer stellt schon einen Zuchthäusler ein? Seit sie mich im Spätjahr '19 aus dem Gefängnis entlassen haben, bin ich ohne Anstellung. Probiert hab ich es tausendmal, für nichts war ich mir zu schade. Ich kann zupacken, hab Kraft wie ein Stier, aber in diesen Zeiten? Es gibt genügend, die keine Arbeit finden. Überall stehen's herum. Am Güterbahnhof, am Schlachthof, am Hafen drunten, dass einer daherkommt und sie mitnimmt zum Arbeiten für einen Tag oder auch zwei. Mit ihren Papieren stehen's da und warten, wenn dann einer kommt wie ich, einer, der im Zuchthaus war, der hat keine Chance. Früher oder später kommt der dann auf Gant.

Am Anfang hab ich noch was zubrocken können, nicht viel, aber ein bisserl was war's doch. Geerbt hab ich was, von der Mutter. Die war ihr Lebtag schwermütig. Ein paarmal war's im Spital deshalb, aber dort haben sie ihr auch nicht helfen können. Und dann ist's halt immer stiller geworden. Ein paar Wochen nachdem ich wieder daheim war, nach mei-

ner Haftentlassung, ist sie dann eines Tages in aller Früh aufgestanden und fort. Ins Wasser. In der Zuckerdose im Küchenbüfett hab ich ihren Notgroschen gefunden. Eine Zeitlang hat's gereicht zum dazubrocken, aber das Schmugeld war bald aufgebraucht.

Und seitdem leb ich nur noch vom Stempelgeld. Zehn Mark von der Stütze am Tag, und davon sollst leben, sollst dich kleiden, heizen, wohnen, essen. Die feinen Herrn Bürokraten da oben, die haben keine Ahnung, sitzen in ihren warmen Stuben und wissen nicht, wie kalt so ein Winter sein kann und wie gierig der Hunger, der in den Eingeweiden nagt. Wie ein kleines Frettchen, das dich inwendig auffrisst.

Es hat was passieren müssen, denn so hat's nicht weitergehen können – da hab ich mir von meinem Bruder, dem Adi, Geld geliehen. 1500 Mark waren's. Kleinweis wollt ich's zurückzahlen. Irgendwie wär's schon gegangen. Ich hab ja noch einen Führerschein, ein kleines Fuhrunternehmen hab ich aufmachen wollen, zum Transportieren gibt's immer was. Das Geld vom Adi war mein Startkapital. Des hätt schon hinhauen können, aber dann ist die Erna, dem Adi sein Weib, dahintergekommen. Gehört hat's, dass ich beim Auerbräu damit angegeben hab, mit dem neuen Geschäft, das sich mir jetzt auftut. Gleich wie-

derhaben hat's es wollen, das Geld, nicht warten hat's können, des vermaledeite, gierige Luder. Gegeifert hat's, keine Ruhe hat's dem Adi gelassen, bis der es nicht mehr mit anhören hat können, der Adi, und endlich los ist, das Geliehene zurückfordern. Einen Großteil davon hatt ich ja noch. Dagestanden ist er, richtig ansehen hab ich dem Adi können, wie schwer es ihm angekommen ist, das Geld zurückzuverlangen. Stand er doch bei mir, seinem Bruder, im Wort. Aber der Adi war schon immer ein Lattirl, und gegen sein Weib hat der noch nie was ausrichten können.

In den Tagen nach Weihnachten ging es mit der Mutter wieder langsam bergauf. Agnes pflegte die Mutter so gut, wie sie es in ihren jungen Jahren eben vermochte. Und die Mutter kam immer mehr zu Kräften, hatte wieder etwas Appetit. Am Dienstag konnte sie, zur großen Freude des Mädchens, das Bett sogar schon für eine kleine Weile verlassen. Und am Donnerstag war die Mutter den ganzen Tag bei Agnes unten in der Küche. Dort sah die Kranke, auf dem Kanapee sitzend, zu, ob alles seinen richtigen Lauf nahm. Das Anziehen bereitete der Bäuerin zwar noch Mühe, aber kleine Verrichtungen konnte sie trotz wackeliger, schwacher Beine schon erledigen. Und Agnes vergaß die Geschichte mit der nassen Wäsche, verdrängte das schlechte Gefühl, das sie deswegen gehabt hatte, mehr und mehr.

Der Neujahrsmorgen kam und mit ihm ein eisiger Wind aus Böhmen. Die Mutter fühlte sich gut wie seit Wochen nicht mehr. Aber so gut, dass sie alle drei zur Messe hinüber in die Kirche hätten gehen können, ging es ihr dann doch nicht. Selbst für eine Fahrt mit dem Wagen fühlte sie sich noch zu schwach. So kamen sie überein, dass die Mutter zu Hause bleiben würde. Als es so weit war, ließ sie es sich nicht nehmen, Agnes und ihren Mann an die Haustür zu begleiten. Im Flur verabschiedeten sie sich voneinander. Die Bäuerin tauchte den Finger in den neben der Tür hängenden Weihwasserkessel, machte beiden, wie es Brauch war, noch das Kreuzzeichen auf die Stirn. Dann verließen Agnes und der Vater das Haus. Während der Vater zu Stadel und Stall hinüberlief, um beides zu verschließen, blieb Agnes an der Haustür stehen, bis sie hörte, wie der Schlüssel im Schloss umgedreht und die Tür verriegelt wurde. Der Vater hatte darauf gedrungen, blieb doch die Kranke alleine im Haus zurück.

Das ganze Jahr über war die Tür unverschlossen. Jeder konnte ein und aus, wann immer er wollte, doch in den Tagen zwischen den Jahren trieb sich allerhand Lumpenpack und Diebesgesindel herum. Vagabundierende Musikanten, die das neue Jahr anspielten, oder falsche Sternsinger, die den Gutgläubigen die Münzen aus der Tasche zogen. Bagage, die nur darauf wartete, die Stuben und Kammern zu durchwühlen, während fromme Christenmenschen ihrer Pflicht nachgingen und den Gottesdienst besuchten.

Um Weihnachten hatte ich fast kein Geld mehr, meine Stube war meist nicht geheizt. Holz und Kohlen gingen mir aus, und kaufen konnt ich nichts, wovon auch? Von Hosenknöpf? Den ganzen Tag bin ich in Mantel und Jacke in der Stube herumgesessen, und wenn's mich zu sehr gefroren hat, hab ich mich halt in der Kammer ins Bett gelegt. So konnt's nicht weitergehen, drum hab ich beschlossen, raus aufs Land zu fahren, zum Fechten, zum Betteln halt. Wenn der Heiland geboren wird und die Heiligen Drei Könige umherziehen, da wird selbst der größte Geizhals freigebig, auch wenn einer wie ich vor der Tür steht, gibt dir ein Geselchtes mit oder ein paar Eier, Butter, Brot oder einen selbstgebrannten Schnaps. Zwischen den Jahren werden die Leute rührselig, sie wollen sich mit ein paar Kreuzern von ihren Sünden freikaufen. Vielleicht hilft's, keiner weiß, was das neue Jahr bringt. Und wenn ich mir nichts erbetteln kann, hol ich mir mein Sach eben selbst.

Von Stadtamhof bei Regensburg aus bin ich mit dem Bockerl Richtung Wörth. Mein letztes Geld hat gerade noch für ein Billett, hin und retour, und eine Übernachtung im Dorfgasthaus gelangt. Den Zug um halb drei, den hab ich genommen. So dass ich noch bei Tageslicht ankomme. Ich wollt nicht im Dunklen bei der Kälte auf Quartiersuche gehen. Am letzten Tag im Jahr bleiben die Leut meist zu Haus, das Abteil war nicht besonders voll, aber warm. Kurze Zeit später bin ich eingeschlafen. Die Wärme macht schläfrig.

An der Endstation in Wörth, da bin ich ausgestiegen. Und weil ich nicht so recht wusste, wo ich eine billige Unterkunft finden könnt, da hab ich den Schaffner gefragt. »Gleich drüben in der Bahnhofsrestauration, da haben's Zimmer. Sauber und billig.« Und so bin ich über die Straße und hab mich dort eingemietet. Meine letzten Pfenning gab ich für eine warme Suppe in der Wirtsstube aus. Das Wirtshaus war gut besucht, an fast allen Tischen saßen welche zum Schafkopfen und Watten. Ich hab mich nach dem Essen dazugestellt und mir so bei den Kartlern noch eine Halbe dazuverdient, denn immer wenn einer zum Piesln rausmüssen hat, da bin ich eingesprungen und hab den Platz warm gehalten. Spät ist's geworden, und in der Nacht hab ich geschlafen wie ein Ratz. Trotzdem bin ich aber gleich in aller Herrgottsfrüh raus aus den Federn und los. Der frühe Vogel fängt den Wurm.

Die Einödhöfe wollt ich abgrasen, je weiter draußen die Leut wohnen und je einsamer, desto freigiebiger sind's in diesen Tagen. Weil's froh sind, dass einer vorbeischaut. So manchem ist's unheimlich da draußen, wenn die Tage so kurz und die Nächte so lang sind. Besonders die älteren Leut sind ein leichtes Ziel, wenn's alleine am Hof sind, weil die Jungen und Gesunden in der Sonntagsandacht sind. Wenn's alt werden, haben's auf einmal alle Angst vor dem Alleinsein, die Reichen wie die Armen. Besonders bang ist ihnen davor, dass es auf einmal ganz zu Ende gehen könnt und keiner da ist. Wenn's so einsam sind und ohne Ansprach, stehen plötzlich die Versäumnisse und Fehler des Lebens vor ihnen, groß und übermächtig. Und dann schaun's nur noch zurück und nimmer nach vorn, sehn nur noch, wie alles zu Ende geht und sich das Ende nicht aufhalten lässt, grad so wie jetzt das Jahr. Spätestens da werden's sentimental und geben gern, auf dass es ihnen in der Ewigkeit vergolten wird.

Über eine Stunde bin ich auf der verschneiten Landstraß zu Fuß unterwegs gewesen. Kalt war's, der Böhmische hat geweht. Auf dem Rücken den Rucksack, den Kragen meiner dünnen Joppe hochgeschlagen und die Hände tief in der Rocktasche vergraben, damit mir ein bisschen wärmer wird. Begegnet bin ich zu dieser frühen Stunde keinem. Das war mir nur recht. Das Laufen in der frischen Luft macht hungrig. Im Rucksack war ein Kanten Brot und ein Zipfel Wurst, in der Früh in der Wirtschaft, wie keiner hingeschaut hat, hab ich die Sachen eingepackt. Und das war jetzt meine Wegzehrung.

Von der Landstraße bin ich abgebogen in einen kleinen Waldweg. Hab Glück gehabt, dass ich den Weg überhaupt gefunden hab, bei dem Schnee. Und weiter bis zu einer Lichtung am Waldrand. Auf der Anhöhe, da hab ich mich auf einen Baumstumpf gesetzt und mit dem Taschenmesser ein Stückl Brot abgeschnitten. Der Zufall hat mich nicht herausgeführt, der Platz war mir vertraut. Ich war schon mal da, von dort konnte ich runtersehen auf das Anwesen unten in der Talsenke. Ich war mir gar nicht sicher, ob ich das Haus so leicht wiederfinden würde und noch dazu im Winter. Vor Jahren war ich schon einmal hier gewesen, mit dem Oberhofer Franz, einem alten Spezl von mir. Die Agnes, seine Tochter, die ist auf dem Hof. Die Bauersleut, die haben keine eigenen Kinder. Mit der Bettl, dem Franz seiner Frau, da sind's über tausend Ecken verwandt, und so haben sie das Mädchen aufgenommen. An Kindes statt. Dem Franz und der Seinen war's nur recht, so war ein hungriges Maul weniger zu stop-

fen, und jedem war geholfen. Vom Franz weiß ich, dass da unten auf dem Hof was zu holen ist, auch wenn es auf den ersten Blick nicht danach ausschaut. Ich weiß sogar, wo, oben in der Kammer haben's es. Im Wäscheschrank versteckt.

Im Sommer nach meiner Entlassung, da hab ich den Franz wiedergetroffen. Auf der Steinernen Brücke. Ich wollt rüber nach Stadtamhof, und er wollt nach Regensburg in die Stadt rein. Zuerst haben wir ein bisserl geredet, und dann sind wir rüber ins Spitalbräu auf ein Bier. Und nach einer Weile hat er mir die Geschichte wieder erzählt. Ganz stolz war er, wie gut es der Agnes geht und was für ein großes Erbteil ihr ins Haus steht. Und das vielleicht sogar recht bald, weil doch die Bäuerin schon seit Jahr und Tag malade ist. Angegeben hat er, als ob er selber der Erbe wäre, bestimmt hat er sich was ausgerechnet, und nicht zu wenig.

Gegen das Alleinsein hatte die Mutter den Hund mit ins Haus genommen. So hatte sie ein wenig Gesellschaft.

Agnes und der Vater liefen zu Fuß über die verschneiten Felder und Wiesen. Kniehoch lag der Schnee. Der Vater sagte kein Wort, stapfte die ganze Zeit nur stumm vor Agnes her. Das Mädchen hatte Mühe, mit ihm Schritt zu halten. Immer wieder gab die verharschte Schneedecke nach, und sie brach ein. Der Schnee blieb am oberen Rand der geschnürten Schuhe hängen, schmolz, und das Schmelzwasser sickerte langsam hinein, durchnässte die Strümpfe. Immer wieder versuchte sie, in die Fußspuren des Vaters zu treten, um nicht wieder einzubrechen und den Abstand nicht noch größer werden zu lassen. Aber er holte viel weiter aus, machte größere Schritte. Das Mädchen kam ganz außer Atem, fing zu schwitzen an vor lauter Anstrengung, und das dicke Wolltuch hinderte sie mehr und mehr.

Nach einer guten halben Stunde, mit dem letzten Schlag der Kirchenglocken, schlüpfte sie gerade noch rechtzeitig zum Portal hinein. Die Orgel hatte bereits eingesetzt, und der Pfarrer zog mit seinen Ministranten von der Sakristei hinüber zum Altar. Das Mädchen setzte sich schnell rüber zu den Frauen. Auf den äußersten Platz zum Mittelgang hin, wie immer. Weil man dort am besten sehen konnte, den Altar und daneben den über und über geschmückten Christbaum. Sie nahm das wollene Tuch ab, öffnete den Mantel und rang nach Luft. Erst nach einer Weile hatte sie sich wieder gefasst, konnte wieder durchatmen. Schön war der Gottesdienst, so feierlich. Agnes liebte diese Stimmung, die Musik. In der Seele leid tat es ihr, dass die Mutter nicht dabei sein konnte. Nach der Messe wollte sie sofort nach Hause. Ihr war nicht wohl bei dem Gedanken, sie so lange alleine im Haus zu lassen. Das Mädchen war besorgt wegen der Krankheit der Mutter, auch wenn es ihr in den letzten Tagen besser gegangen war. Und mit einem Mal dachte sie wieder an die nasse Wäsche und das Unheil, das sie mit sich brachte.

Die Kälte machte mir ganz schön zu schaffen. Von Zeit zu Zeit bin ich aufgestanden, hab die Hände mit meinem Atem gewärmt, bin auf der Stelle gestapft. Das Haus hab ich dabei keinen Moment aus den Augen gelassen. So konnt ich sehen, wie sie zum Kirchgang aufgebrochen sind. Anständige Christenmenschen halt, genauso wie es sich gehört. Zu zweit waren's. Ein Mann und eine Frau. Der Einöder und die Agnes? Ob die Alte noch lebt?, habe ich mich gefragt. Wer weiß, vielleicht hat's der Herr schon zu sich geholt, weil's nur zu zweit sind da unten auf dem Hof. Wenn nicht, so ein altes, krankes Weibersleut lässt sich leicht einschüchtern. Das wäre doch gelacht.

Das Frauenzimmer ist an der Haustür stehen geblieben. Hat gewartet. Der Mann, der hat sich noch am Stall und am Stadel zu schaffen gemacht, hat beides verriegelt, und dann sind's los.

Die Frau, die hatte sich ein wollenes Kopftuch um

Kopf und Schultern gebunden und ist hinter dem Mann durch den Schnee hergelaufen. Kaum Schritt halten hat's können. Lang hab ich ihnen noch nachgeschaut, bis sie sich bloß mehr als kleine schwarze Männlein vom Schnee abgehoben haben und schlussendlich ganz verschwunden warn.

Ich hab noch etwas zugewartet, und erst wie ich die beiden schon eine ganze Weile nicht mehr gesehen hab, bin ich von meinem Platz aufgestanden und langsam runter Richtung Hof gestiegen. Den Hügel runter auf das Haus zu. Nicht auf direktem Weg, ich wollte nicht, dass mich einer sieht, man weiß ja nie. Am Waldrand entlang und dann von der Seiten auf den Hof zu. Von der Stadelseiten.

Nach der Messe ist der Vater noch mit den anderen Männern aus dem Dorf auf dem Kirchhof beieinandergestanden. Alle waren sie da, der Herr Lehrer war dabei und auch der Viehhändler. Mit dem wollte der Vater noch über ein Geschäft reden. Doch Agnes konnte nicht so lange warten, wollte gleich heim zur Mutter. Sie verabschiedete sich vom Vater und ging alleine zurück. Das Mädchen stapfte durch den Schnee, der Böhmische hatte aufgehört, die Sonne schien, und der Schnee funkelte und glitzerte. Die alte Spur war gut zu sehen. Das Mädchen versuchte, bei jedem Schritt in die alten Spuren zu treten. Damit sich das Wasser des geschmolzenen Schnees nicht wieder in den Schuhen sammelte.

Zu Hause angekommen, klopfte sie gegen die Haustür. Agnes wartete eine Weile. Im Haus blieb alles ruhig. Vielleicht hatte die Mutter sie nicht gehört? Zuerst zögerlich, dann mit immer festerer Stimme fing sie an, nach der Mutter zu rufen. Alles blieb ruhig, nicht einmal der Hund schlug an. Agnes rüttelte an der Türschnalle in der vagen Hoffnung, die Mutter hätte die Tür aufgesperrt, um sie einzulassen, wenn sie vom Kirchgang zurückkamen. Die Tür war zu. Agnes fing an zu frieren. Sie stapfte mit den Beinen auf den Boden, damit die klammen Füße etwas wärmer wurden. Schließlich schlug sie ganz fest mit der Faust gegen die Tür, in der Hoffnung, die Mutter würde den Lärm hören. Nichts.

Die Unruhe, die sich auf dem Heimweg durch glitzernden Schnee etwas gelegt hatte, kam wieder. Vielleicht hatte sich die Mutter nicht wohl gefühlt und sich in der Kammer niedergelegt und ist eingeschlafen? Den Hund wird sie mit nach oben genommen haben. Agnes war sich sicher, dass die Mutter oben in der Kammer lag, sonst hätte sie doch das Klopfen hören müssen. Das Fenster zur Kammer ging zu der anderen Seite des Hauses hinaus, droben im ersten Stock, und wenn dann auch noch die Tür fest verschlossen war, konnte die Mutter gar nichts hören.

Das Mädchen fror und es war unschlüssig. Sollte sie auf den Vater warten? Er müsste eigentlich jeden Moment hier sein. Zu zweit kämen sie bestimmt ins Haus. Sie blickte sich um. Die Tür zum Stadel stand einen kleinen Spalt offen.

Die Mutter musste die Tür zum Stadel geöffnet haben, damit sie ins Haus konnten, während sie selbst sich in der Kammer ein wenig ausruhte. Agnes ging hinüber, machte die Tür ganz auf. Licht fiel in das Innere des Stadels, durch den Stadel hindurch. Von hier konnte man über den Stall ins Haus gelangen.

Sie versuchte, keinen Lärm zu machen, damit der Hund nicht doch noch anschlug. Die Mutter brauchte ihren Schlaf, um wieder ganz gesund zu werden.

Unten angelangt, bin ich zuerst ums Haus herum. Ich hab gedacht, vielleicht gibt es auf der Rückseite eine Möglichkeit, unbemerkt ins Haus zu gelangen. Hab aber recht schnell gemerkt, dass da nichts geht. Ich hab noch versucht, durch eines der Fenster ins Innere zu schauen. Da war aber nichts zu sehen. Die ganze Zeit habe ich Angst gehabt, der Hund könnte anschlagen und mich verraten, deshalb war ich ganz vorsichtig und leise. Ich bin dann wieder ums Haus herum, rüber zum Stadel. Vom

Waldrand oben hab ich sehen können, wie der Alte die Tür zum Stadel verschlossen hat. Aber zum Glück hatte ich vorgesorgt, für alle Fälle, man weiß ja nie. Ich hab meinen Rucksack neben mir im Schnee abgestellt und mein Werkzeug herausgeholt. Rund um die eiserne Arbe in der Stadeltür hab ich mit dem Holzbohrer Löcher ins Holz gebohrt. An die sechs bis sieben Stück. Die Tür ist dann fast von selber aufgegangen.

Vom Stadel aus bin ich durch den Stall rüber ins Wohngebäude. Ich war auf der Hut, keiner hat mich gehört.

Die Tür zur Stube hab ich gleich gefunden. Jetzt hat alles schnell gehen müssen. Ich hab nicht mehr darauf achten müssen, keinen Lärm zu machen.

Die Tür zur Wohnküche stand halb offen, und das Kopftuch der Mutter lag vor der Tür. Das war sonst nicht ihre Art. Das Mädchen spürte, wie die Unruhe in ihr stieg. Sie öffnete die Tür ganz. Die Kuchl war leer. Auf dem Tisch lagen allerhand Dinge bereit, Eier, Mehl, die Rührschüssel. Die Mutter hatte bestimmt alles bereitgestellt, ehe ihr schlecht wurde und sie alles liegen und stehen lassen musste.

Agnes sah sich um. Sie hörte ein Winseln. Der Hund hatte sich in die hinterste Ecke unter die Bank verkrochen, der Boden davor glänzte dunkel. Alles war voller Blut. Die Mutter wird wieder das Blutspucken bekommen haben. Das Mädchen lief aus der Küche, rannte die Stufen zur Kammer der Mutter hinauf.

Das Messer in der einen Hand, hab ich mit der anderen die Küchentür aufgestoßen. Mit einem Schlag ist's gegen die Wand geflogen. Ich bin rein in die Kuchl, und da stand die Alte vor mir. Angestarrt hat sie mich mit offenem Mund und weit aufgerissenen Augen. Als ob der Leibhaftige selber vor ihr stünd. Der Köter, das schwarze Mistvieh, ist bellend und kläffend unter dem Tisch hervor. Ich hab das Messer abwehrend vor mich hingehalten, da springt mich der Köter an. Springt direkt in meine Klinge. Ich hab gar nichts dagegen machen können. Der Hund hat aufgejault und sich unter die Bank verzogen. Geblutet hat der wie eine angestochene Sau.

Die Alte ist auf einmal ganz flink geworden. Hätt ich so einem kranken Weib gar nicht zugetraut. An mir vorbei aus der Küche raus ist's, zur Haustür hin. Ich hinter ihr her, hab's gerade noch erwischt, am Haustürschlüssel hat's gezerrt. Die Haustür aufsperren und raus wollt's, die alte Britschn. Aber so leicht kommt mir keiner aus. Ich bin hinter ihr her, hab sie von der Tür wegziehen wollen. Das zache Weib hat sich mit aller Kraft gewehrt. Grad zu tun hab ich gehabt, um ihr Herr zu werden, in der Rangelei hat's ihr Kopftuch verloren, und die Schürze ist eingerissen, aber ich bin schon mit ihr fertiggeworden. An den Haaren hab ich sie zu fassen gekriegt. Aufgeschrien hat's. Zu der Treppe hingeschleift hab ich's, gegen die Wand gedrückt und ihr das Messer unter die Nasen gehalten. Da ist's dann ruhiger geworden und einsichtig.

»Los, her mit dem Geld! Ich weiß, dass ihr was im Haus habt's, also los, her damit.«

Ich hab sie am Arm gepackt und vor mich her die Stiegen hochgestoßen. »Na wird's bald.«

Damit sie die Treppen ein bisserl schneller hochläuft, hab ich sie mit dem Messer ganz leicht in den Rücken gestubst. Verletzt hab ich sie dabei nicht, ich wollt, dass sie vor mir her in die Kammer hochläuft und dass sie merkt, dass es mir ernst ist.

Sie ist dann auch vor mir her rauf in die Kammer gelaufen. An der Tür zur Kammer dreht sie sich auf einmal um, schaut mir ins Gesicht und sagt: »Dich Lump, dich kenn ich doch.«

Da hat sie mir keinen Ausweg gelassen. Was hätte ich auch machen können?

Agnes lief die Steinstiegen zur Kammer der Mutter hinauf. So schnell es ging. Die Tür zur Kammer der Eltern war nur angelehnt. Das Mädchen öffnete die

Tür ganz, ging hinein. Kommode, Schrank, alles stand offen. Die Wäsche war herausgerissen, das Bettzeug aus dem Bett geworfen, Vorhänge samt Gardinenstange heruntergerissen, das ganze Zimmer verwüstet. Aber die Mutter konnte sie nirgends sehen.

Erst die Gendarmen haben später die Mutter gefunden, halb unterm Bett und halb unter der Wäsche begraben ist sie gelegen. Blut ist aus der Wäsche geronnen wie vorher das Wasser und später die Tränen.

Den Schrank hab ich durchwühlt und auch die Kommode. Da hab ich gehört, wie unten einer gegen die Tür geklopft hat. Ich hab mein Sach zusammengepackt und hab geschaut, dass ich abhau. Hinter der Stiegen hab ich gewartet, bis das Mädel die Treppen hochgelaufen ist, erst dann bin ich wieder durch den Stadel raus. Ich war noch nicht weit vom Haus weg, da hab ich sie schon Alarm schlagen hören. Wie wild hat's auf einen Topf eingeschlagen. Das war so laut, da ist bestimmt die ganze Nachbarschaft zusammengelaufen. Richtig vorstellen hab ich mir können, wie's von überall herkommen und meine Spuren zertrampeln. Ich hab vor mich hinlachen müssen, denn jetzt finden die mich bestimmt nimmer, hab ich mir noch gedacht.

Wie ich zu Hause in meiner Stube war, da hab ich's zählt, das Geld. An die 15 000 Mark warn's. Ein schöner Batzen.

Glück hat's mir aber keines bracht, denn ein paar Tag später sind die Gendarmen gekommen, wegen einer ganz anderen Sach, und haben die Wohnung durchsucht. Ein saublöder Zufall war das. Unter der hölzernen Türschwelle hab ich's versteckt gehabt. Und da haben's das Geld dann gefunden.

Simon Beckett

Schneefall

Der Schnee wehte hinab, bedeckte das bereits mit Frost überzogene spröde Gras und ließ es weicher wirken. So weit das Auge reichte, erstreckten sich nach allen Seiten die Grampian Highlands, deren weiße Gipfel und Täler von grünem Gebüsch übersät waren. Der Himmel darüber war so eintönig grau, dass er unendlich schien.

Ich starrte wie hypnotisiert auf die zahllosen zu Boden sinkenden Schneeflocken und riss mich dann zusammen. Vor mir befand sich der einzige Farbtupfer in der Landschaft: ein quadratisches Zelt, das so gelb leuchtete, als würde die Sonne von innen durch den Stoff brechen.

»Alles in Ordnung, Dr. Hunter?«

Detective Sergeant Winters hatte einen passenden Namen, jedenfalls in diesen Monaten des Jahres. Aber der kalte Name war irreführend. Die Kriminalbeamtin war klein und hübsch und hatte eine sanfte Stimme, die ihr in ihrem Beruf bestimmt keine Hilfe war. In dem Schutzanzug, den sie über ihre

Zivilkleidung gezogen hatte, sah sie aus wie ein Kind, das in Erwachsenenkleider geschlüpft war.

»Ich habe mir nur die Beine vertreten«, sagte ich.

Das gefrorene Gras und die fester werdende Schneedecke knirschten unter meinen Füßen, als ich ihr ins Zelt folgte. Drinnen war die Luft feucht, aber etwas wärmer, ein Eindruck, der durch das von dem gelben Stoff erzeugte falsche Sonnenlicht verstärkt wurde. Einige Gestalten hockten vor einer dunklen, rechteckigen Grube im Grasboden. Aufgrund der weiten Overalls und der Masken wirkten sie geschlechtslos und waren nicht unterscheidbar.

Als ich hereinkam, schauten sie auf. Einer nach dem anderen trat zur Seite, damit ich sehen konnte, was sie da untersucht hatten.

Die Knochen in dem Grab waren klein, wie ich gleich auf den ersten Blick erkennen konnte. Das Team der Spurensicherung hatte sie nur teilweise freigelegt, sodass sie aus der kalten, harten Erde herauszuwachsen schienen. Da sie auch dieselbe Farbe wie der Boden hatten, hätte man meinen können, sie bestünden aus dem gleichen Material. Ich hockte mich neben die Grube. Der Schädel lag schräg auf der Seite, aus den leeren Augenhöhlen und dem Mund rieselte torfige Erde. Er war leicht nach unten geneigt, so als würde er auf das hinabschauen, was die Leiche in den Armen hielt.

An die gebrochenen Rippen schmiegte sich ein zweites Skelett, das wesentlich kleiner war als das andere.

»Ein Schafzüchter hat sie gefunden. Er hat einen Teil des Schädels gesehen, der aus der Erde herausragte«, erläuterte Winters und zuckte dann mit den Achseln. »Diese Gegend leidet seit Jahren an Bodenerosion. Wir glauben, dass der heftige Regen im Herbst die letzte Erde weggespült hat, die diese Knochen noch bedeckt hatte. Aber wie Sie sehen können, sind sie nicht besonders tief vergraben gewesen.«

Das stimmte. Das Grab war nicht einmal einen halben Meter tief und bedeckte kaum den traurigen Knochenhaufen, der einmal zwei Leben gewesen war.

»Glauben Sie, es ist wieder passiert?«, fragte Winters.

Sie musste nicht erklären, was sie meinte. Dies war meine zweite Reise in die Grampian Highlands innerhalb weniger Monate. Beim letzten Mal hatte ich dabei geholfen, die brutal entstellte Leiche einer jungen Frau aus einem Grab im Hochmoor zu bergen, das allerdings wesentlich tiefer gewesen war als dieses. Damals war ich zum ersten Mal zu den Ermittlungen herangezogen worden, und in den vergangenen zwei Jahren hatte es dann eine Reihe ähnlicher Fälle gegeben. Jedes Mal hatte es sich um junge Frauen gehandelt, deren Leichen furchtbare Wunden aufwiesen. Die Ähnlichkeit der Verletzungen und die Anordnung der Überreste ließen keinen Zweifel daran, dass immer ein und derselbe Mörder dafür verantwortlich war.

Manchen Menschen gefällt es, andere Menschen umzubringen. Als forensischer Anthropologe ist es mein Beruf – meine Berufung –, herauszufinden, wie sie es getan haben, und für die Identifizierung ihrer Opfer zu sorgen. Und manchmal, so Gott will, dabei zu helfen, dass sie es nicht wieder tun.

Doch bei diesen Fällen war das nicht gelungen. Wer auch immer der Mörder war, er hatte – es war fast immer ein *er* – seit Jahren unbehelligt gemordet. Erst in jüngster Zeit waren seine Taten nach und nach ans Tageslicht gekommen und hatten auf seine Existenz hingewiesen. Ich war mir ziemlich sicher, dass es noch mehr Opfer geben musste, deren Leichen noch nicht gefunden worden waren.

Und dass es weitere geben würde.

Allerdings war ich mir nicht sicher, ob wir es hier mit einem weiteren Opfer dieses Mörders zu tun hatten. »Ich weiß es nicht«, antwortete ich.

»Zuerst hielten wir es für möglich. Ich hatte mit den anderen Fällen nichts zu tun, aber ... Na ja, Sie wissen schon, wenn hier draußen eine vergrabene

Frau gefunden wird ... Doch dann haben wir das ... das zweite Skelett entdeckt.«

Ich bemerkte ihr Zögern, als könnte sie, indem sie die Worte vermied, die grausame Tatsache verleugnen, die vor ihr ausgebreitet lag. Aber sie war nicht zu verleugnen. Auch wenn man es nicht aussprach, gab es keinen Zweifel daran, dass in den skelettierten Armen ein Kind lag.

Ein Baby.

»Sonst wurde immer nur eine gefunden, oder? Nicht zwei?«, fragte Winters, obwohl sie das bereits wusste. Aber sie war nervös und versuchte es zu verbergen.

Das war in solchen Situationen nicht ungewöhnlich.

»Ja, es war immer nur eine Leiche«, bestätigte ich ihr. Ich hatte mittlerweile die Knochen untersucht, bisher allerdings, ohne sie zu berühren, und versuchte nun, Hinweise darauf zu finden, mit wem wir es zu tun hatten. »Sind Sie sicher, dass es eine Frau ist?«

»Nein, aber ich dachte ...« Winters deutete auf die aneinandergeschmiegten Überreste. »Also, ich nahm an, es handelt sich um eine Mutter mit ... mit Kind. Oder?«

Sie klang besorgt. Ich vermutete, dass sie noch nicht an vielen Mordermittlungen beteiligt gewesen war. Das Team der Spurensicherung, das erfahrener war, wartete geduldig. Die Beamten hatten sich daran gewöhnt, sich von solchen Anblicken nicht aus der Fassung bringen zu lassen. Oder es zumindest nicht zu zeigen. Was sie in der Nacht träumten, war eine andere Sache.

»Sie könnten recht haben«, sagte ich. »Ich wollte nur wissen, ob das bereits festgestellt worden ist.«

Ein Beamter der Spurensicherung meldete sich zu Wort. Unter der Kapuze des Overalls und hinter der Maske konnte man ihn kaum erkennen, aber seine Stimme klang nach einem Mann in den mittleren Jahren, und er sprach in dem rauhen, melodischen Singsang der Highlands.

»Noch nicht. Sieht aber so aus, als könnten es tatsächlich Mutter und Kind sein. Der Schädel und die Hüfte scheinen weiblich zu sein, soweit wir sehen können. Über das arme Kind können wir aber noch nichts sagen.«

Ich nickte. Dass der Schädel zierlich und die Hüften eher breit aussahen, war mir bereits selbst aufgefallen, und angesichts der geringen Größe der Überreste konnte es keinen Zweifel daran geben, dass die Leiche eine Frau gewesen war.

Ein Urteil über das Kind zu fällen war aber nicht so leicht. Je jünger ein Baby ist, desto schwerer fällt die Bestimmung des Geschlechts, zudem war von dem winzigen Skelett noch nicht genug freigelegt worden, um überhaupt Vermutungen anzustellen. Der Schädel war teilweise im dunklen Torf vergraben, ich konnte jedoch sehen, dass die Fontanellen, die Lücken zwischen den Schädelplatten eines Neugeborenen, sich noch nicht vollständig geschlossen hatten.

»Weniger als ein Jahr alt, meinen Sie nicht auch?«, fragte der Beamte. Sein Ton war sachlich, doch ich meinte, eine Spur Traurigkeit herauszuhören.

»Würde ich auch sagen.«

Er nickte, ohne seinen Blick von der Grube abzuwenden. Hinter der Schutzkleidung waren von seinem Gesicht nur die Augen zu sehen, und die waren von einem Faltennetz umringt und wirkten müde. »Ich habe einen Enkel in dem Alter.«

Dazu gab es nichts zu sagen. »Haben Sie an einem der beiden Skelette Spuren von Verletzungen entdeckt?«, fragte ich.

»Nur diese.«

Mit einem weichen Pinsel strich er behutsam die restliche Erde vom Unterschenkel der Frau. Das Schienbein war eindeutig in der Mitte gebrochen.

»Der Bruch ist nicht verheilt, er muss also noch frisch gewesen sein, als sie gestorben ist«, sagte der Beamte. Sein Atem hing wie eine Nebelwolke in der Luft.

»Wahrscheinlich«, stimmte ich zu. Ein Verdacht

kam in mir auf, doch ich musste Gewissheit haben, ehe ich etwas sagte. Ich bückte mich, um die Rippen des größeren Skeletts zu untersuchen, und berührte sie vorsichtig mit meinen in Latexhandschuhen steckenden Fingern. Aus der Nähe waren die Knochen zerfressen und abgenutzt, wodurch sie noch zerbrechlicher wirkten. »Haben Sie Kleidungsreste gefunden?«, fragte ich.

»Überhaupt keine.« Seine Stimme klang wütend. »Sieht so aus, als wären sie nackt vergraben worden.«

»Auf gewisse Weise hoffe ich ja, dass es derselbe Mörder ist«, sagte Winters und versuchte, ihr Unbehagen hinter vorgespielter Forschheit zu verbergen. »Ist schon schlimm genug, wenn einer hier draußen herumläuft.«

Ich sagte nichts und schaute nur hinab auf die Skelette.

»Und, wollen Sie anfangen, Dr. Hunter?«, meinte Winters nach einer Weile, vielleicht entnervt von meinem Schweigen.

Ich stand auf. »Nein. Hier gibt es für mich nichts zu tun.«

Die Gesichter in dem gelben Zelt starrten mich an. Winters' Verwirrung wich der Verärgerung. »Tut mir leid, aber das verstehe ich nicht. Wir haben hier einen Doppelmord, wahrscheinlich von einem Serienmörder verübt. Und für Sie gibt es nichts zu tun?«

»Ich glaube nicht, dass die beiden ermordet worden sind«, entgegnete ich. »Und selbst wenn sie ermordet worden wären, könnte man nichts mehr tun. Es ist vor zu langer Zeit passiert.«

Winters blinzelte, als ihr dämmerte, was ich meinte. »Vor zu langer…? Meinen Sie, die Skelette sind alt?«

»Nicht nur alt. Sie sind uralt. Sie haben schon so lange dort gelegen, dass die Erde bereits in die Knochen eingedrungen ist und sie hat vermodern lassen. Deswegen die gleiche Farbe. Und deswegen gibt es auch keine Kleidungsreste.« Ich zuckte müde mit den Achseln. »Egal, ob sie Wolle oder Baumwolle oder gar Leder getragen haben, die Kleidung ist schon vor Jahrhunderten verrottet.«

Winters machte ein Gesicht, als wüsste sie nicht, ob sie erleichtert oder enttäuscht sein sollte.

»Glauben Sie, es könnte ein rituelles Grab sein?«, fragte der ältere Beamte der Spurensicherung. Die Atmosphäre im Zelt hatte sich verändert, die Anspannung war verflogen.

»Das müssen Sie einen Archäologen fragen«, sagte ich. »Aber ich bin mir nicht einmal sicher, ob sie begraben worden sind. Die Knochen weisen Zahnspuren auf. Ich würde sagen, sie lagen eine ganze Weile im Freien. Lange genug jedenfalls, dass sich Tiere über die Überreste hergemacht haben. Keine großen, sonst wären die Knochen verstreut worden. Wahrscheinlich nur Vögel und Nager.«

»Die armen Teufel«, sagte er sanft. »Haben Sie eine Idee, woran sie gestorben sind?«

»Ich glaube, das haben Sie bereits herausgefunden. Das gebrochene Bein der Mutter. Damit konnte sie nicht mehr weitergehen. Und wenn das Wetter so war wie jetzt ...«

Der Satz musste nicht beendet werden. Er nickte. »Sie hat sich also einfach hingelegt und ist mit ihrem Baby gestorben. Und dann haben sich die Knochen im Boden abgelagert und wurden allmählich zugeweht. Deswegen sind sie auch kaum mit Erde bedeckt.«

Stille entstand. Einer der Polizeibeamten durchbrach sie. »Sollen wir dann einpacken?«

Winters seufzte verärgert auf. »Meinetwegen.«

Ich folgte ihr nach draußen. Es schneite noch immer, und nach dem Aufenthalt in dem gelben Zelt blendete das Weiß. Die eisigen Flocken erfüllten die Luft und schwirrten langsam zu Boden. Ich schaute in die leere Landschaft und dachte an die junge Frau, die hier draußen vor unzähligen Jahren allein mit ihrem Kind gestorben war.

Wieder eine Geschichte, die letztlich für immer unbekannt bleiben würde.

»Ich werde das Präsidium bitten, einen Archäologen herzuschicken«, sagte Winters, zog die Latexhandschuhe aus und öffnete den Reißverschluss ihres Overalls. Sie klang lustlos, und ich bezweifelte, dass sie selbst ihre Stimmung als Enttäuschung erkannte. Oder die Enttäuschung zugeben würde, wenn sie sie erkannte. »Tut mir leid, dass Sie umsonst den ganzen Weg hier rauskommen mussten.«

»Es ist nicht Ihre Schuld«, sagte ich, aber sie hatte sich schon abgewandt, um einem uniformierten Constable Anweisungen zu erteilen, und hörte mich nicht.

»Trotzdem danke, dass Sie gekommen sind, Dr. Hunter«, sagte sie, als sie mir zum Abschied die Hand schüttelte. Da die Latexhandschuhe bei diesem Wetter kaum wärmten, war ihr eiskalt. Sie wollte sich umdrehen, hielt dann aber inne und schenkte mir ein Lächeln, ein wenig ironisch und ein wenig gehemmt. »Ach, und fröhliche Weihnachten.«

»Fröhliche Weihnachten«, sagte ich. Dann machte ich mich auf den langen Weg über das Hochmoor zurück zu meinem Wagen.

Sebastian Fitzek

Der Frauenfänger

Der Tod kennt keine Feiertage. Gestorben wird immer. In jeder verdammten Sekunde eines jeden verdammten Tages. Auch an Heiligabend.

Lauras Gedanken hämmerten so laut in ihrem Kopf, dass sie sogar das Dröhnen ihres altersschwachen Käfers übertönten. Sie fuhr noch schneller. Obwohl die dürren Scheibenwischer bereits auf höchste Stufe gestellt waren, kamen sie kaum gegen den dichten Schneeregen an.

Verdammt noch mal.

Zu Hause sollte sie sitzen, auf dem Sofa, eingewickelt in die braune Decke, die sie so liebte und die das Gefühl der Behaglichkeit verstärkte, wenn sie dem Wettertreiben vor dem Fenster zusah. Hin und wieder wäre sie aufgestanden, hätte den Braten übergossen und den Tisch für die Gäste gedeckt oder ein Bad genommen. Verdammt, sie hätte alles lieber getan, als hier raus ins Niemandsland zu fahren, auf der Suche nach ihrer Tochter.

»Simone, wo bist du genau?«, fragte sie und stellte

die Heizung aus. Es wurde schlagartig kühler, doch wenigstens musste sie jetzt nicht mehr gegen das Gebläse anschreien.

»Scheiße, was weiß ich denn?«

Laura schüttelte den Kopf und tippte wütend mit ihrem rechten Zeigefinger auf den schwarzen Kasten, der nur mit Saugnäpfen befestigt über dem Armaturenbrett an der Fensterscheibe hing. Zum Glück hatte ihr der langhaarige Verkäufer mit den vielen Mitessern erklärt, wie man das mobile Navigationssystem bediente und wie man es auch als Freisprecheinrichtung nutzen konnte. Ab jetzt musste sie nicht mehr Ausschau halten, ob ein Polizeiauto in der Nähe war, wenn sie, wie so oft, beim Fahren telefonierte.

Obwohl, in diesem Augenblick wär mir ein Streifenwagen ganz lieb. Aber hier draußen ist natürlich keiner. Heiligabend, kurz vor 17 Uhr, mitten im Wald.

»Bist du noch in deinem Versteck?«, fragte sie. Die Lichter der kleinen Siedlung hinter ihr verschwanden, als die Straße eine Kurve nahm. Jetzt gab es keine Laternen mehr, und der schmale Weg führte sie immer tiefer in den Brandenburger Forst hinein.

Ein Wunder, dass Autos hier überhaupt fahren durften.

»Versteck?«, antwortete Simone hysterisch. »Das ist ein beschissener Hochsitz, hier kann jeder Arsch rauf.«

»Dann zieh die Leiter hoch.«

»Geht nicht, die ist festgenagelt. Scheiße, Mama, beeil dich, bevor er zurückkommt.«

»Okay, noch mal ganz ruhig. Wie heißt die Straße?«

»Keine Ahnung, irgendwas mit Rotkehle.«

Laura tippte auf den Touchscreen des schwarzen Kastens.

Rotbuschweg

Rotenstraße

Roterdorn

Das Navigationssystem schlug ihr zahlreiche Straßennamen vor, kurz nachdem sie die ersten drei Buchstaben eingegeben hatte.

»Rotkehlchenweg? Schatz, kann es das sein?«

»Ja, ich glaube. Wir kamen aus Spandau. Ist das in der Nähe?«

»Moment.«

Laura hielt kurz an. Mister Mitesser hatte ihr auch gezeigt, wie man den Kartenausschnitt vergrößerte. Seit einer Weile war da nur ein dicker, gelber Strich. Rechts und links flankiert von dunkelgrünen Flächen, die wohl das Waldgebiet symbolisieren sollten.

Welcher Teufel hat meine Tochter nur geritten, sich beim ersten Date hier draußen in der Wildnis zu treffen? Hatte sie denn keine Nachrichten gesehen?

»Kladow«, sagte Laura, nachdem sie die Zoom-Funktion gefunden und aktiviert hatte. Sie fuhr an.

»Das ist es.« Simones Stimme klang zum ersten Mal weniger panisch. Sie schien sich wieder an Details zu erinnern.

»Wir wollten zum Lehnitzsee.«

Tatsächlich. Dort, wo der Rotkehlchenweg in die Krampnitzer Straße mündete, streifte diese laut Karte den Lehnitzsee.

»Okay, dann hoffen wir mal, dass ich richtig bin. Laut Anzeige müsste ich in vier Minuten bei dir sein.«

»Hoffentlich.« Simone flüsterte jetzt wieder, wie zu Beginn ihres Telefonats; vor fast vierzig Minuten, als sie vor Angst und Panik kaum zu verstehen gewesen war. Laura hatte sich gerade einen Tee gemacht, als das Handy klingelte. Ihr erster Gedanke hatte Lars gegolten, ihrem Ex und Simones Vater, der sicher wieder kurz vor Schluss unter einem fadenscheinigen Vorwand absagen wollte. Lars hasste Familienfeiern. Doch dann war es schlimmer gekommen. Viel schlimmer.

»Er hat mich geschlagen, Mama«, waren die ersten verständlichen Worte ihrer Tochter gewesen,

nachdem die vorangegangenen Sätze in einem Heulkrampf untergegangen waren. »*Du musst mir helfen.*«

»Wer ist dieser Kerl?« Laura stellte Simone die gleiche Frage wie vorhin, als sie sich einen Mantel übergeworfen und noch in Hausschuhen zu ihrem Käfer gehastet war.

»Keine Ahnung. Er nennt sich Shadow.«

»Shadow?«

»Das ist sein Nickname. Sein Pseudonym, das er im Chat benutzt.«

Nickname. Chat. Laura kannte sich damit nicht besonders aus; sie selbst besaß keinen Computer, aber sie war auch nicht weltfremd. Sie wusste, dass ihre Tochter sich schon früher mit Internetbekanntschaften getroffen hatte; damals, als sie noch zu Hause lebte. Ihre leichtsinnige, lebenslustige Art hatte sich seitdem sicher noch verstärkt, allen Warnungen und selbst den jüngsten Schlagzeilen zum Trotz.

»Schatz, es geht mich ja nichts an, aber hast du denn nichts über den Frauenfänger gelesen?«

Der Mann, der seien Opfer über Foren und Chats im Internet fand, die er schließlich in die Todesfalle lockte?

Das vermutete jedenfalls die Polizei, denn anders waren die vielen weiblichen Leichen nicht zu erklären, die man immer an ungemütlichen, verlassenen Orten entdeckte. Gegenden, in denen diese Frauen normalerweise nichts verloren hatten, in die sie aber immer mit ihrem eigenen Auto gefahren waren.

»Du weißt doch, wie gefährlich solche Treffen sind!«, sagte Laura.

»Ja doch, Mama.« Bei Simone mischte sich der altbekannte Trotz in ihre Stimme, und irgendwie hatte sie ja auch recht. Welchen Sinn machte es, mit ihr ausgerechnet jetzt über ihren Fehler zu reden?

Zu Lauras Überraschung nahm ihre Tochter jedoch den Faden auf.

»Das war wirklich dumm von mir. Aber seit drei Monaten schicken wir uns Bilder hin und her. Ich hab sogar seine Handynummer.«

Vermutlich eine Prepaidkarte, die auf einen falschen Namen läuft.

»Alles klang so romantisch. Ein Blind Date zu Weihnachten, Treffpunkt an einer Pferdekoppel, danach eine kurze Spazierfahrt durch den Wald zum See. Dort wollten wir Schlittschuh laufen bei Mondschein. Scheiße! Ich dachte, ich kenn den Typen.«

Ja, so gut, dass du noch nicht mal seinen Namen weißt, dachte Laura, während sie wieder beschleunigte. Der Weg war inzwischen so schmal geworden, dass die Bäume links und rechts der Straße mit ihren Ästen und ihrem Laub ein dichtes Dach hoch über der Fahrbahn schlossen. Dadurch hatte das Schneetreiben etwas nachgelassen, doch nun erschrak sie, wenn sich in unregelmäßigen Abständen eine regelrechte Lawine aus den Kronen löste.

»Wie lange noch?«, fragte Simone.

»Laut Navi noch zwei Minuten.« In diesem Moment hätte sie dem pickligen Azubi aus dem Elektronikmarkt die Füße küssen können. Das Navi war ein Geschenk des Himmels. Kürzlich erst hatte eine große Zeitung gemutmaßt, dass die Frauen dem Killer vielleicht nur deshalb in die Falle gegangen waren, weil sie sich verfahren hatten. Für diese Theorie sprach zumindest, dass man bei allen Opfern einen aufgeschlagenen Stadtplan auf dem Beifahrersitz gefunden hatte. Seit dieser Meldung war die Nachfrage sprunghaft angestiegen.

»Kannst du mich schon sehen?«

»Nein, hier oben ist alles dunkel.« Ihre Tochter flüsterte immer noch, sicher aus Angst, dass der Mann zurückkommen würde. »Ich erkenn nur Bäume, Schnee und das Eis auf dem See.«

»Keine Scheinwerfer?« Laura schaltete ihr Fernlicht ein.

»Nein.«

»Hat er… ich meine…?« Sie traute sich nicht, das Schlimmste auszusprechen.

»Nein, Mama. Wie ich schon sagte … Er wurde nur zudringlich, als wir uns auf einen Baumstumpf gesetzt haben, um die Schlittschuhe anzuziehen. Ich habe ihn weggedrückt, daraufhin hat er mich ins Gesicht geschlagen. Ich bin sofort abgehauen.«

Bei minus vier Grad durch den Wald, dachte Laura wütend. Auf Socken, ohne Autoschlüssel, denn die hatte sie samt ihrer Handtasche und den Schuhen zurückgelassen.

Ein weiterer, grauenhafter Gedanke schoss Laura durch den Kopf.

»Ihr seid mit deinem Auto gefahren, Simone?«

»Ja.«

»Wie hast du den Weg hier raus gefunden?«

»Mit einer Karte, wieso?«

O mein Gott. Es ist alles so, wie sie in den Nachrichten immer sagen. Ein abgestelltes Auto. Irgendwo an einem verlassenen Ort. Eine Straßenkarte auf dem Beifahrersitz. Und unweit von dem Wagen entfernt … eine Frauenleiche.

Laura wurde übel.

»Schatz, ich leg jetzt kurz auf«, sagte sie zu ihrer Tochter.

»Was? Nein. Bitte nicht. Tu das nicht. Du bist meine einzige Verbindung.«

»Ja, ich weiß. Aber was, wenn der Typ doch zurückkommt und ich dich nicht schnell genug finden kann?«

Was, wenn er vor dem Hochsitz mit einem Messer wartet?

»Lass mich die Polizei rufen.«

»Nein, bitte nicht. Tu mir das nicht an. Du darfst mich nicht wegdrücken.«

»Okay«, lenkte Simone ein, nachdem sie kurz nachgedacht hatte. Laut Navi müsste es hinter der Kurve da vorne endlich so weit sein, dann mündete der Weg in die Uferpromenade; und ihr blieb immer noch Zeit, Hilfe zu rufen, wenn sie etwas Merkwürdiges entdeckte.

Sie beruhigte ihre Tochter, indem sie versprach, nicht aufzulegen, bog um die Ecke, und endlich lichteten sich die Kronen über ihrem Kopf. Der Schneeregen schien eine kurze Pause zu machen, dafür hatte der Wind die Wolkendecke etwas aufgerissen und ließ einige schwache Strahlen des Mondes hindurch. Und dennoch sah Laura ... nichts.

Kein parkendes Auto, keinen Hochsitz. Noch nicht einmal ...

»Simone?«

»Ja?«

»Wo bist du?«

»Wo soll ich sein? Immer noch auf dem verdammten Hochsitz.«

»Siehst du mich?«

Sie rollte an den Fahrbahnrand, aktivierte wieder die Lichthupe.

»Nein.«

»Siehst du den See?« Ihre Stimme klang genauso verängstigt wie die ihrer Tochter.

»Ja, verdammt. Ich sehe Bäume, eine Lichtung, die beschissene Straße vor mir und hinter mir den See.«

Aber das kann nicht sein.

Lauras Gedanken überschlugen sich.

Sie sah auf das Display des Navigationssystems.

Kein Zweifel. Ich bin richtig.

Eine schwarzweißkarierte Zielfahne markierte ihren Haltpunkt. Exakt dort, wo der Rotkehlchenweg in die Krampnitzer Straße überging. Wie Simone es gesagt hatte.

Sie stieg aus. Der kalte Wind schlug ihr wie eine Ohrfeige ins Gesicht, sofort begannen ihre Wangen zu brennen. Sie fröstelte. Nicht nur vor Kälte, sondern auch vor Angst, die immer größer wurde, je länger sie sich umsah. Denn hier draußen war... nichts!

»Mama?«, hörte sie ihre Tochter aus weiter Ferne blechern fragen. Erst jetzt realisierte sie, dass ihr Arm nach unten gesackt war und sie das Handy nicht mehr am Ohr hielt.

»Mama, hörst du mich?«

»Ja, Liebes. Aber ich fürchte, ich hab mich verfahren.«

»Wieso?«

»Weil es hier keinen See gibt«, sagte sie und starrte auf den dichten Wald links und rechts der Straße.

»Aber wie geht *das* denn?« Simones Stimme überschlug sich fast. »Ich denke, du hast jetzt ein Navi?«

Ja, und das behauptet, dass ich alles richtig gemacht habe. Auf dem Display ist der verdammte Lehnitzsee.

»Vermutlich bin ich doch zu blöd, das Ding zu bedienen.«

Laura drehte sich resigniert zum Wagen um. Sie schrie auf; lauter als sie je zuvor in ihrem Leben geschrien hatte.

»Mama, was ist los?«, war das Letzte, was sie von ihrer Tochter hörte. Dann presste ihr der Mann, der urplötzlich aus dem Wald getreten war, den feuchten Watteschwamm auf Mund und Nase. Zu spät begann sie sich zu wehren, viel zu früh erschlafften all ihre Muskeln.

»Sie haben ihr Ziel erreicht«, sagte der Mann in dem gleichen mechanischen Duktus wie die Computerstimme eines Navigationssystems.

Laura war leicht. Mit ihren 1,65 Metern wog sie nur 51 Kilo. Es kostete ihn nur wenig Anstrengung, sie die zwanzig Meter in den Wald zu ziehen, dorthin, wo sein Transporter auf dem unbefestigten Forstweg wartete.

Danach ging er zu ihrem Käfer zurück, löste die Saugnäpfe des Navigationssystems von der Windschutzscheibe und zog auch das Aufladekabel aus der Buchse. Er nahm sogar die Betriebsanleitung aus dem Handschuhfach und riss den Akku aus dem Handy. Zuletzt legte er einen aufgeschlagenen Stadtplan auf den Beifahrersitz.

Zehn Minuten später, sie hatten den Waldweg längst wieder verlassen, fühlte er eine wohlige Wärme im Inneren seines Körpers aufsteigen. Früher hatte er sich für das erregende Gefühl geschämt. Heute genoss er die in ihm schwelende Vorfreude.

Es war 17.49 Uhr am Heiligen Abend. Das Autoradio spielte »Driving Home for Christmas«, und er musste über die verzweifelten Versuche seines neuesten Opfers lächeln, das sich hinten im Innenraum des Transporters völlig umsonst mühte, aus den Fesseln herauszukommen. Fast klang es so, als würde es im Takt zu Chris Rea mit seinen Füßen strampeln.

Der Mann warf einen Blick auf die Werkzeugtasche im Fußraum des Beifahrersitzes, und das wohlige Gefühl wurde noch stärker, als er an die Instrumente dachte, die sich darin befanden. Die Drahtschlinge, die Fräse und nicht zuletzt der Knochenstanzer.

Ja, heute war ein schöner Tag. Es war Weihnachten, und er hatte sich selbst das schönste Geschenk bereitet. Die Frau, die erst gestern zu ihm in den Laden gekommen war und der er das letzte Navigationssystem verkauft hatte. Das letzte, das er persönlich umprogrammiert hatte und mit dem er Laura in die Falle locken konnte. So wie all die anderen, hübschen, eingebildeten Frauen zuvor. Die Frauen, die ihn übersahen und die sich einen anderen, besser aussehenden Verkäufer wünschten.

Der Azubi blickte in den Rückspiegel.

Ja, ich habe Pickel. Aknenarben. Mitesser. Na und? Dafür habe ich innere Werte. Ich bin intelligent. Ich kann ein Navigationssystem so manipulieren, dass es euch dahin führt, wo ich es will. Zu mir. In die Falle.

Das Strampeln hinter ihm hatte aufgehört. Es war nur noch eine Frage der Zeit, bis das Wimmern einsetzte. Heulen. Das taten sie alle. Früher oder später.

Das Radio spielte inzwischen »Last Christmas«, und der Azubi drehte noch lauter. Nur schade, dass Laura eben noch telefoniert hatte. Möglicherweise konnte die Polizei über das Handysignal herausfinden, dass sie nie zwischen Potsdam und Spandau gewesen war, wie ihr das Navi glauben gemacht hatte.

Denn in Wahrheit hatte Laura ihr Auto ganz woanders abgestellt, am anderen Ende der Stadt. Ein blöder Zufall, dass sie mit jemandem telefoniert hatte, der sicher ihren Schrei gehört und längst die Polizei verständigt hatte. Aber egal. Dann musste er sich eben beeilen.

Der Azubi lächelte und tätschelte seine Werkzeugtasche.

Heute war ein schöner Tag. Heute war Weihnachten. Nicht mehr lange, und die Bescherung konnte beginnen.

Agatha Christie

Aufregung an Weihnachten

Die großen Holzscheite prasselten fröhlich in dem mächtigen offenen Kamin, doch ihr Prasseln wurde von dem Stimmengewirr der sechs jungen Leute übertönt, die lebhaft miteinander schwatzten. Die Jugend unter den Hausgästen hatte offenbar ihren Spaß an diesem Weihnachtstag.

Die alte Miss Endicott, den meisten Anwesenden als Tante Emily bekannt, lächelte nachsichtig über das muntere Geplapper.

»Jede Wette, dass du keine sechs Törtchen essen kannst, Jean.«

»Kann ich doch.«

»Nein, kannst du nicht.«

»Du bekommst die Münze aus dem Trifle, wenn du es schaffst.«

»Ja, *und* drei Portionen Trifle *und* zwei Portionen Plumpudding.«

»Ich hoffe nur, dass der Plumpudding gut ist«, sagte Miss Endicott besorgt. »Er wurde erst vor drei Tagen gemacht. Dabei sollten die Plumpuddings für

Weihnachten lange *vor* dem Fest zubereitet werden. Ich weiß noch, dass ich als Kind immer dachte, die letzte Kollekte vor dem ersten Adventssonntag – das Gebet ›Rühr an, o Herr, wir bitten dich‹ – bezöge sich auf das Rühren der Weihnachtspuddings!«

Es herrschte höfliche Stille, während Miss Endicott sprach. Nicht, weil sich die jungen Leute auch nur im Mindesten für ihre Reminiszenzen an frühere Zeiten interessiert hätten, sondern weil sie fanden, dass es der Anstand gebot, ihrer Gastgeberin Aufmerksamkeit zu zollen. Sobald sie geendet hatte, setzte das laute Stimmengewirr wieder ein. Miss Endicott seufzte und warf, wie auf der Suche nach einem Gleichgesinnten, einen Blick auf das einzige Mitglied der Gesellschaft, das ihr an Jahren nahekam – einen kleinen Mann mit einem merkwürdigen eiförmigen Kopf und einem stattlichen kräftigen Schnurrbart. Junge Leute waren auch nicht mehr, was sie früher waren, dachte Miss Endicott. In der guten alten Zeit hätten sie stumm und respektvoll den weisen Worten gelauscht, die die Älteren wie Perlen vor ihnen ausbreiteten. Stattdessen nun dieses alberne Geplapper, das noch dazu meist völlig unverständlich war. Gleichviel, es waren liebe Kinder! Ihre Augen wurden sanft, als sie sie der Reihe nach betrachtete – die hochgewachsene, sommersprossige Jean; die kleine Nancy Cardell, dunkelhaarig und von zigeunerhafter Schönheit; die beiden jüngeren Buben, Johnnie und Eric, die für die Feiertage aus dem Internat nach Hause gekommen waren, und ihr Freund Charlie Pease; und die schöne blonde Evelyn Haworth... Bei dem Gedanken an Letztere zogen sich ihre Brauen ein wenig zusammen, und ihre Augen wanderten hinüber zu ihrem ältesten Neffen, Roger, der mürrisch schweigend dasaß, ohne sich an der fröhlichen Unterhaltung zu beteiligen, den Blick unverwandt auf die hinreißende nordische Blondheit des jungen Mädchens geheftet.

»Ist der Schnee nicht toll?«, rief Johnnie und trat ans Fenster. »Richtiges Weihnachtswetter! Kommt, wir machen eine Schneeballschlacht. Es ist doch noch viel Zeit bis zum Essen, nicht wahr, Tante Emily?«

»Aber ja. Wir speisen erst um zwei Uhr. Dabei fällt mir ein, dass ich mich noch um den Tisch kümmern muss.«

Sie eilte aus dem Zimmer.

»Wisst ihr was? Wir bauen einen Schneemann!«, kreischte Jean.

»Au ja, das wird lustig! Wir machen eine Schneeskulptur von Monsieur Poirot! Haben Sie gehört, Monsieur Poirot? Eine Statue des Meisterdetektivs Hercule Poirot, aus Schnee geformt von sechs berühmten Künstlern!«

Der kleine Mann im Sessel verbeugte sich verbindlich und zwinkerte verschmitzt.

»Aber sie muss sehr stattlich werden, *mes enfants*«, sagte er mit Nachdruck. »Ich bestehe darauf.«

»Und ob!«

Die ganze Bande lief wie ein Wirbelwind hinaus, wobei sie unter der Tür mit einem würdevollen Butler kollidierte, der soeben mit einem Brief auf einem silbernen Tablett eintrat. Nachdem der Butler seine Fassung wiedergewonnen hatte, ging er auf Poirot zu.

Poirot nahm den Brief entgegen und riss ihn auf. Der Butler zog sich zurück. Zweimal las der kleine Mann den Brief, faltete ihn dann zusammen und steckte ihn ein. In seinem Gesicht hatte sich kein Muskel bewegt, obgleich der Inhalt des Schreibens höchst erstaunlich war. Mit ungelenker Hand waren die Worte gekritzelt: *»Essen Sie keinen Plumpudding.«*

»Sehr interessant«, murmelte Poirot bei sich. »Und völlig unerwartet.«

Er sah hinüber zum Kamin. Evelyn Haworth war nicht mit den anderen hinausgegangen. Sie starrte, in Gedanken versunken, ins Feuer und spielte nervös an dem Ring am vierten Finger ihrer linken Hand herum.

»Sie sind in einen Traum vertieft, Mademoiselle«,

sagte der kleine Mann schließlich. »Und der Traum ist kein glücklicher, habe ich recht?«

Sie zuckte zusammen und sah unsicher zu ihm hinüber. Er nickte aufmunternd.

»Es gehört zu meinem Beruf, dergleichen zu wissen. Nein, Sie sind nicht glücklich. Auch ich bin nicht sehr glücklich. Wollen wir uns einander anvertrauen? Sehen Sie, ich habe einen großen Kummer, denn ein Freund von mir, ein Freund seit vielen Jahren, ist fortgegangen über das Meer nach Südamerika. Manchmal, wenn wir zusammen waren, machte mich dieser Freund ungeduldig, seine Stupidität brachte mich auf; aber nun, da er fort ist, erinnere ich mich nur an seine guten Eigenschaften. So ist das Leben, habe ich recht? Und nun, Mademoiselle, was ist Ihr Problem? Sie sind nicht wie ich, alt und allein – Sie sind jung und sehr schön; und der Mann, den Sie lieben, liebt Sie. O ja, ganz gewiss. Ich habe ihn während der letzten halben Stunde beobachtet.«

Das junge Mädchen errötete.

»Sprechen Sie von Roger Endicott? Oh, Sie irren sich. Roger ist nicht mein Verlobter.«

»Nein, Sie sind mit Mister Oscar Levering verlobt. Ich weiß das sehr wohl. Aber warum sind Sie mit ihm verlobt, wenn Sie einen anderen Mann lieben?«

Das junge Mädchen schien ihm die Frage nicht zu

verübeln; etwas in seiner Art machte es ihr unmöglich. Er sprach mit einer Mischung aus Güte und Autorität, die unwiderstehlich war.

»Erzählen Sie mir alles«, sagte Poirot sanft; und er fügte den Satz hinzu, den er schon zuvor benutzt hatte und der für das junge Mädchen seltsam tröstlich klang. »Es gehört zu meinem Beruf, dergleichen zu wissen.«

»Ich bin ja so unglücklich, Monsieur Poirot – so schrecklich unglücklich. Wissen Sie, wir waren früher sehr wohlhabend. Ich galt als reiche Erbin, und Roger war nur ein jüngerer Sohn; und – und obwohl ich überzeugt bin, dass er etwas für mich empfand, sagte er nie ein Wort, sondern ging nach Australien.«

»Es ist sehr eigenartig, wie man hier bei Ihnen Ehen arrangiert«, warf Poirot ein. »Kein System. Keine Methode. Alles bleibt dem Zufall überlassen.«

Evelyn sprach weiter.

»Dann verloren wir plötzlich unser ganzes Geld. Meine Mutter und ich standen praktisch mittellos da. Wir zogen in ein kleines Häuschen und schlugen uns mühsam durch. Doch dann wurde meine Mutter sehr krank. Ihre einzige Chance war eine schwere Operation und ein Aufenthalt in einem warmen Klima. Aber wir hatten doch kein Geld, Monsieur Poirot – wir hatten kein Geld! Und das bedeutete, dass sie sterben musste. Mr. Levering hatte mir bereits ein- oder zweimal einen Antrag gemacht. Nun bat er mich erneut, ihn zu heiraten, und versprach, alles für meine Mutter zu tun, was getan werden konnte. Ich sagte ja – was hätte ich anderes tun können? Er hielt Wort. Die Operation wurde von der größten Kapazität unserer Zeit durchgeführt, und wir verbrachten den Winter in Ägypten. Das war vor einem Jahr. Meine Mutter ist wieder gesund und bei Kräften; und ich – ich soll nach den Feiertagen Mr Levering heiraten.«

»Ich verstehe«, sagte Poirot. »Und in der Zwischenzeit ist Monsieur Rogers älterer Bruder gestorben, und er ist nach Hause gekommen – und findet seinen Traum zerstört. Gleichviel, Mademoiselle, Sie sind noch nicht verheiratet.«

»Eine Haworth bricht ihr Wort nicht, Monsieur Poirot«, sagte das junge Mädchen stolz.

Sie hatte kaum ausgeredet, als die Tür aufging und ein kräftiger Mann mit rötlicher Gesichtsfarbe, kleinen, verschlagenen Augen und kahlem Schädel auf der Schwelle erschien.

»Was bläst du hier drinnen Trübsal, Evelyn? Mach lieber einen Spaziergang mit mir.«

»Wie du meinst, Oscar.«

Sie stand lustlos auf. Poirot erhob sich ebenfalls und erkundigte sich höflich:

»Mademoiselle Levering ist noch immer indisponiert?«

»Ja, ich bedaure, sagen zu müssen, dass meine Schwester noch immer das Bett hüten muss. Zu schade, ausgerechnet an Weihnachten krank zu sein.«

»In der Tat«, stimmte ihm der Detektiv höflich zu.

Einige Minuten genügten Evelyn, um ihre Schneestiefel und warme Sachen anzuziehen, und dann gingen sie und ihr Verlobter hinaus in den verschneiten Park. Es war ein idealer Weihnachtstag, kalt und sonnig. Die übrigen Hausgäste waren mit der Errichtung des Schneemannes beschäftigt. Levering und Evelyn blieben stehen, um ihnen zuzusehen.

»Muss Liebe schön sein!«, rief Johnnie und warf einen Schneeball nach ihnen.

»Wie gefällt dir unser Werk, Evelyn?«, rief Jean. »Monsieur Hercule Poirot, der Meisterdetektiv.«

»Wartet, bis er erst seinen Schnurrbart hat!«, sagte Eric. »Nancy will sich dafür extra ein bisschen Haar abschneiden. *Vivent les braves Belges!* Päng, päng!«

»Einfach riesig, einen leibhaftigen Detektiv im Haus zu haben!«, meinte Charlie. »Jetzt müsste es nur noch einen Mord geben.«

»Ja, ja, ja!«, rief Jean und begann herumzutanzen. »Ich habe eine prima Idee. Lasst uns einen Mord begehen – einen vorgetäuschten natürlich. Und den

Meisterdetektiv verkohlen. Kommt schon, das wird ein Heidenspaß!«

Fünf Stimmen begannen durcheinanderzureden.

»Wie soll das gehen?«

»Grässliches Gestöhne!«

»Nein, du Dummkopf, hier draußen.«

»Fußspuren im Schnee natürlich.«

»Jean im Nachthemd.«

»Man nimmt dazu rote Farbe.«

»Ja, auf die Hand – und klatscht sie sich dann auf den Kopf.«

»Wenn wir doch bloß einen Revolver hätten.«

»Glaubt mir, Vater und Tante Em werden nichts hören. Ihre Zimmer liegen auf der anderen Seite des Hauses.«

»Nein, er nimmt es bestimmt nicht übel; der Mann hat jede Menge Sinn für Humor.«

»Gut, aber was für Farbe? Nagellack?«

»Wir könnten uns welchen im Dorf besorgen.«

»Doch nicht an Weihnachten, du Blödmann.«

»Nein, Wasserfarbe. Karmesinrot.«

»Jean kann die Leiche sein.«

»Na und? Dann frierst du eben ein bisschen. Es ist ja nicht für lange.«

»Nein, nehmen wir lieber Nancy, die hat doch diesen schicken Pyjama.«

»Mal sehen, ob Graves weiß, wo es Farbe hat.«

Alle stürmten ins Haus.

»So selbstvergessen, Endicott?«, erkundigte sich Levering mit einem unangenehmen Lachen.

Roger kam mit einem Ruck zu sich. Er hatte wenig von dem gehört, was um ihn herum vorgegangen war.

»Ich habe nur nachgedacht«, sagte er ruhig.

»Nachgedacht?«

»Nachgedacht, warum eigentlich Monsieur Poirot hier ist.«

Levering schien bestürzt zu sein; doch in dem Moment ertönte der große Gong, und alle gingen hinein zum Weihnachtsessen. Im Esszimmer waren die Vorhänge zugezogen und die Lampen an, die den langen, mit Knallbonbons und anderen Dekorationen üppig geschmückten Tisch beleuchteten. Es war ein richtiges altmodisches Weihnachtsessen. Am einen Ende der Tafel saß der Hausherr, rotgesichtig und jovial; ihm gegenüber, am anderen Ende, saß seine Schwester. Poirot hatte zu Ehren des festlichen Anlasses eine rote Weste angelegt, und seine Rundlichkeit sowie die Art, wie er den Kopf schief hielt, ließen einen unwillkürlich an ein Rotkehlchen denken.

Der Hausherr tranchierte gekonnt, und alle machten sich an den Truthahn. Die Karkassen der beiden Truthähne wurden abgetragen, und es trat gespannte

Stille ein. Dann erschien Graves, der feierlich den Plumpudding hereintrug – einen gigantischen, von Flammen umzüngelten Plumpudding. Woraufhin ein gewaltiges Getöse ausbrach.

»Schnell! Oh, mein Stück geht schon aus. Beeilen Sie sich, Graves! Wenn er nicht mehr brennt, geht mein Wunsch nicht in Erfüllung.«

Niemand hatte Muße, den eigenartigen Ausdruck auf Poirots Gesicht zu beobachten, als dieser die Portion auf seinem Teller inspizierte. Niemand bemerkte den Blick, den er blitzschnell in die Runde warf. Mit leicht gerunzelter Stirn begann er vorsichtig seinen Plumpudding zu essen. Alle begannen ihren Plumpudding zu essen. Die Unterhaltung war gedämpfter. Plötzlich stieß der Hausherr einen Schrei aus. Sein Gesicht lief violett an, und er hielt sich die Hand vor den Mund.

»Zum Henker, Emily!«, brüllte er. »Wie kannst du die Köchin Glas in die Puddings tun lassen?«

»Glas?«, rief Miss Endicott erstaunt aus.

Der Hausherr entfernte den Fremdkörper aus seinem Mund.

»Hätte mir glatt einen Zahn abbrechen können«, schimpfte er. »Oder das Ding verschlucken und Blinddarmentzündung bekommen können.«

Vor jedem am Tisch stand eine kleine Fingerschale mit Wasser für die Münzen und die anderen Überraschungen, die im Dessert versteckt waren. Mr. Endicott ließ das Stück Glas in sein Schälchen fallen, spülte es ab und hielt es hoch.

»Allmächtiger!«, stieß er hervor. »Ein roter Stein aus einer Knallbonbon-Brosche!«

»Sie gestatten?« Rasch und geschickt nahm Poirot ihm den besagten Gegenstand aus der Hand und betrachtete ihn eingehend. Wie der Hausherr gesagt hatte, handelte es sich um einen großen roten Stein, der die Farbe eines Rubins hatte. An seinen Facetten brach sich funkelnd das Licht, als Poirot ihn hin und her drehte.

»Mann!«, rief Eric. »Vielleicht ist er echt!«

»Sei nicht albern«, sagte Jean vorwurfsvoll. »Ein Rubin von dieser Größe wäre Tausende und Abertausende wert – stimmt's, Monsieur Poirot?«

»Wirklich erstaunlich, wie echt die Sachen aus den Knallbonbons heutzutage aussehen«, murmelte Miss Endicott. »*Aber wie ist er in den Pudding gekommen?*«

Das war zweifellos die große Frage. Jede Hypothese wurde erschöpfend behandelt. Lediglich Poirot äußerte sich nicht, sondern ließ nur achtlos, wie in Gedanken woanders, den Stein in seine Rocktasche gleiten.

Nach dem Essen stattete er der Küche einen Besuch ab.

Die Köchin war ziemlich aufgeregt. Von einem der Hausgäste befragt zu werden, noch dazu von einem ausländischen Gentleman! Aber sie bemühte sich redlich, seine Fragen zu beantworten. Die Puddings waren vor drei Tagen zubereitet worden. »An dem Tag, an dem Sie angekommen sind, Sir.« Alle hatten sich kurz bei ihr in der Küche eingefunden, um zu rühren und sich dabei etwas zu wünschen. Ein alter Brauch – den man im Ausland wohl nicht kannte? Anschließend wurden die Puddings gekocht und dann in der Speisekammer nebeneinander auf das oberste Regal gestellt. Ob sich dieser Pudding in irgendeiner Weise von den anderen unterschied? Nein, das glaube sie nicht. Außer dass er in einer Puddingform aus Aluminium gewesen sei, die anderen dagegen in Porzellanformen. Ob dieser Pudding von Anfang an für den Weihnachtstag bestimmt gewesen sei? Merkwürdig, dass der Herr danach frage. Das sei er nämlich *nicht* gewesen! Der Weihnachtspudding werde immer in einer großen weißen Porzellanform mit einem Muster aus Stechpalmblättern gekocht. Aber heute Morgen – das rote Gesicht der Köchin wurde grimmig – habe Gladys, das Küchenmädchen, die ihn zum Erhitzen habe holen sollen, es doch tatsächlich fertiggebracht, ihn fallen zu lassen. »Und weil Scherben hätten drin sein können, habe ich ihn natürlich nicht auftragen lassen, sondern habe stattdessen den aus der großen Aluminiumform genommen.«

Poirot dankte ihr für diese Auskünfte. Er verließ die Küche mit einem leisen Lächeln auf den Lippen, als wäre er mit den Informationen, die er erhalten hatte, zufrieden. Und die Finger seiner rechten Hand spielten mit etwas in seiner Tasche.

»Monsieur Poirot! Monsieur Poirot! Wachen Sie auf! Es ist etwas Schreckliches passiert!«

So rief Johnnie in den frühen Stunden des darauffolgenden Morgens. Poirot setzte sich im Bett auf. Er trug eine Nachtmütze. Der Gegensatz zwischen seiner würdevollen Miene und dem kessen Winkel der auf seinem Kopf thronenden Nachtmütze war zwar komisch, aber die Wirkung auf Johnnie schien doch etwas übertrieben. Wenn seine Worte nicht gewesen wären, hätte man annehmen können, der Junge amüsiere sich köstlich. Auch draußen vom Flur kamen eigenartige Geräusche, die an explodierende Sodawasserflaschen erinnerten.

»Bitte kommen Sie gleich mit hinunter«, fuhr Johnnie mit leicht bebender Stimme fort. »Es ist jemand ermordet worden.« Er wandte sich ab.

»Oh, das ist allerdings etwas Ernstes!«, sagte Poirot.

Er stand auf und machte, ohne sich übermäßig zu

beeilen, die unbedingt erforderliche Toilette. Dann folgte er Johnnie nach unten. Die Hausgäste drängten sich an der Tür zum Garten. Ihre Gesichter drückten allesamt starke Gefühlsregungen aus. Beim Anblick von Poirot erlitt Eric einen heftigen Erstickungsanfall.

Jean trat vor und legte die Hand auf Poirots Arm.

»Dort! Sehen Sie!«, sagte sie und deutete pathetisch durch die offene Tür.

»*Mon dieu!*«, stieß Poirot hervor. »Das ist ja wie im Theater.«

Seine Bemerkung war keineswegs unpassend. Während der Nacht hatte es wieder geschneit, und im fahlen Licht der Morgendämmerung sah die Welt weiß und gespenstisch aus. Nichts unterbrach die weite weiße Fläche bis auf etwas, das wie ein leuchtend scharlachroter Fleck aussah.

Nancy Cardell lag regungslos im Schnee. Sie war mit einem scharlachroten Seidenpyjama bekleidet, ihre kleinen Füße waren nackt und ihre Arme ausgestreckt. Ihr Gesicht war zur Seite gedreht und unter der Fülle ihres lockigen schwarzen Haares verborgen. Totenstill lag sie da, und aus ihrer linken Seite ragte der Griff eines Dolches, während sich im Schnee ein ständig größer werdender karmesinroter Fleck ausbreitete.

Poirot ging hinaus in den Schnee. Er begab sich nicht an die Stelle, wo das Mädchen lag, sondern blieb auf dem Weg. Zwei Fußspuren, die eines Mannes und einer Frau, führten zu dem Ort, an dem sich der tragische Vorfall ereignet hatte. Die Spuren des Mannes gingen in der entgegengesetzten Richtung weiter, allein. Poirot blieb auf dem Weg stehen und strich sich nachdenklich über das Kinn.

Plötzlich kam Oscar Levering aus dem Haus gestürzt.

»Großer Gott!«, rief er. »Was ist passiert?«

Seine Erregung stand in krassem Gegensatz zu Poirots Gelassenheit.

»Mir scheint«, sagte Poirot bedächtig, »ein Mord.«

Eric bekam erneut einen heftigen Hustenanfall.

»Aber wir müssen doch etwas tun!«, rief der andere. »Was machen wir denn jetzt?«

»Da gibt es nur eins«, sagte Poirot. »Wir müssen die Polizei holen.«

»Oh!«, sagten sie alle gleichzeitig.

Poirot blickte forschend in die Runde.

»Aber ja«, sagte er. »Etwas anderes kommt nicht in Frage. Wer von Ihnen geht?«

Es herrschte Schweigen, doch dann trat Johnnie vor.

»Der Spaß ist zu Ende«, verkündete er. »Ich kann nur hoffen, Monsieur Poirot, dass Sie uns nicht allzu böse sind. Das Ganze war nämlich ein Jux, den wir uns ausgedacht haben, um Sie auf den Arm zu nehmen. Nancy simuliert bloß.«

Poirot betrachtete ihn ohne sichtliche Gemütsbewegung, außer dass seine Augen einen Moment lang funkelten.

»Sie machen sich über mich lustig, ist es so?«, erkundigte er sich ruhig.

»Es tut mir wirklich furchtbar leid. Ehrlich! Wir hätten das nicht tun sollen. Grässlich geschmacklos. Ich möchte mich bei Ihnen entschuldigen, ganz ehrlich.«

»Sie brauchen sich nicht zu entschuldigen«, sagte der andere in einem sonderbaren Ton.

Johnnie drehte sich um.

»He, Nancy, steh auf!«, rief er. »Oder willst du den ganzen Tag da liegen bleiben?«

Aber die Gestalt im Schnee rührte sich nicht.

»Steh schon auf!«, rief Johnnie noch einmal.

Doch Nancy bewegte sich nicht, und plötzlich ergriff namenlose Furcht den Jungen. Er drehte sich zu Poirot um.

»Was – was ist denn los? Warum steht sie nicht auf?«

»Kommen Sie mit«, sagte Poirot barsch.

Er stapfte durch den Schnee. Er hatte die anderen mit einer Handbewegung angewiesen zurückzubleiben und achtete darauf, die vorhandenen Fußspuren nicht zu zerstören. Der Junge folgte ihm verängstigt und verwirrt. Poirot kniete neben dem Mädchen nieder und winkte Johnnie näher.

»Fühlen Sie ihre Hand und ihren Puls.«

Verwundert bückte sich der Junge und sprang dann mit einem Schrei zurück. Die Hand und der Arm waren steif und kalt, und es war keinerlei Pulsschlag zu fühlen.

»Sie ist tot!«, ächzte er. »Aber wie? Warum?«

Poirot überging den ersten Teil der Frage.

»Warum?«, sagte er sinnend. »Das frage ich mich auch.« Dann beugte er sich unvermittelt über die Leiche des Mädchens und bog die Finger ihrer anderen Hand zurück, die etwas fest umklammerten. Sowohl er als auch der Junge stießen einen Schrei aus. In Nancys Hand lag ein roter Stein, der funkelte und Feuer versprühte.

»Aha!«, rief Poirot. Seine Hand verschwand blitzschnell in seiner Hosentasche und kam leer wieder heraus.

»Der Rubin aus dem Knallbonbon«, sagte Johnnie verwundert. Als sich sein Begleiter dann vorbeugte, um den Dolch und den blutgetränkten Schnee zu untersuchen, stieß er hervor: »Das kann kein Blut sein, Monsieur Poirot. Das ist Farbe. Das ist doch nur Farbe.«

Poirot richtete sich auf.

»Ja«, sagte er ruhig. »Sie haben recht. Es ist nur Farbe.«

»Aber wie...« Der Junge brach ab. Poirot beendete den Satz für ihn.

»Wie wurde sie getötet? Das müssen wir herausfinden. Hat sie heute Morgen etwas gegessen oder getrunken?«

Während er sprach, ging er zurück zum Weg, wo die anderen warteten. Johnnie folgte dicht dahinter.

»Sie hat eine Tasse Tee getrunken«, sagte der Junge. »Mr. Levering hat sie ihr gemacht. Er hat eine Spirituslampe in seinem Zimmer.«

Johnnies Stimme war laut und klar. Levering hörte die Worte.

»Habe immer eine Spirituslampe bei mir, wenn ich unterwegs bin«, verkündete er. »Meine Schwester war in den letzten Tagen sehr froh darüber – wollte ja nicht ständig das Personal belästigen.«

Poirot senkte den Blick, fast entschuldigend, wie es schien, auf Mr. Leverings Füße, die in Pantoffeln steckten.

»Sie haben die Schuhe gewechselt, wie ich sehe«, murmelte er freundlich.

Levering starrte ihn an.

»Aber Monsieur Poirot«, rief Jean, »was sollen wir denn jetzt tun?«

»Da gibt es nur eins zu tun, wie ich bereits sagte, Mademoiselle. Wir müssen die Polizei holen.«

»Ich gehe!«, rief Levering. »Ich brauche nur einen Moment, um meine Stiefel anzuziehen. Aber Sie sollten nicht länger hier draußen in der Kälte bleiben.«

Er verschwand im Haus.

»Er ist sehr rücksichtsvoll, dieser Mr. Levering«, murmelte Poirot leise. »Wollen wir seinen Rat annehmen?«

»Sollten wir nicht Vater wecken – und die anderen?«

»Nein«, sagte Poirot scharf. »Das ist absolut nicht erforderlich. Bis die Polizei eintrifft, darf hier draußen nichts angerührt werden. Wollen wir nicht hineingehen? In die Bibliothek? Ich habe Ihnen eine kleine Geschichte zu erzählen, die Sie vielleicht von diesem traurigen und tragischen Vorfall ablenkt.«

Er ging voran, und alle folgten ihm.

»Die Geschichte handelt von einem Rubin«, sagte Poirot, während er es sich in einem bequemen Sessel gemütlich machte. »Einem sehr berühmten Rubin, der einem sehr berühmten Mann gehörte. Ich werde Ihnen nicht seinen Namen nennen – aber er ist einer der Großen dieser Erde. *Eh bien,* dieser große Mann, er kam nach London, inkognito. Und da er nicht nur ein großer Mann war, sondern auch ein junger und leichtsinniger Mann, ließ er sich mit einer hübschen jungen Dame ein. Die hübsche junge Dame, sie machte sich nicht viel aus dem Mann, aber sie machte sich sehr viel aus seinem Besitz – so viel, dass sie eines Tages mit dem historischen Rubin verschwand, der seit Generationen seiner Familie gehört hatte. Der arme junge Mann, er befand sich in einem großen Dilemma. Er soll in Kürze eine edle Prinzessin heiraten, und er wünscht keinen Skandal. Er kann unmöglich zur Polizei gehen, also kommt er stattdessen zu mir. Er sagt: ›Bringen Sie mir meinen Rubin zurück.‹ *Eh bien,* ich weiß einiges über diese junge Dame. Sie hat einen Bruder, und die beiden haben so manchen raffinierten *coup* ausgeführt. Es trifft sich, dass ich weiß, wo sie Weihnachten verbringen. Mr Endicott, den ich zufällig kenne, hat die Liebenswürdigkeit, mich ebenfalls einzuladen. Aber als die hübsche junge Dame hört, dass ich eintreffe, ist sie sehr alarmiert. Sie ist intelligent, und sie weiß, dass ich hinter dem Rubin her bin. Sie muss ihn unverzüglich an einem sicheren Ort verstecken; und nun raten Sie, wo sie ihn versteckt – in einem Plumpudding! Ja, Sie sind zu Recht überrascht. Die hübsche junge Dame rührt mit den anderen, und sie wirft ihn in eine Puddingschüssel aus Aluminium, die sich von den anderen unterscheidet. Durch einen seltsamen Zufall wurde dieser Pudding am Weihnachtstag serviert.«

Die Tragödie war für einen Moment vergessen, und alle starrten Poirot mit offenem Mund an.

»Danach«, fuhr der kleine Mann fort, »begab sie sich krank zu Bett.« Er zog seine Taschenuhr hervor und warf einen Blick darauf. »Das Haus ist erwacht. Mr. Levering braucht sehr lange, um die Polizei zu holen, nicht wahr? Ich glaube, seine Schwester ist mit ihm gegangen.«

Evelyn erhob sich mit einem Schrei, den Blick auf Poirot geheftet.

»Und ich glaube, sie werden nicht zurückkommen. Oscar Levering bewegt sich schon seit Langem hart an der Grenze des Erlaubten, und das ist das Ende. Er und seine Schwester werden ihre Aktivitäten eine Zeitlang im Ausland fortsetzen, unter einem anderen Namen. Heute Morgen habe ich ihn abwechselnd gereizt und erschreckt. Indem er seine Maske fallen ließ, konnte er den Rubin in seinen Besitz bringen, während wir im Haus waren und er vorgeblich die Polizei holte. Doch das bedeutete, alle Brücken hinter sich abzubrechen. Aber da ihm ein Mord in die Schuhe geschoben werden sollte, schien es ihm geboten, die Flucht zu ergreifen.«

»Hat er Nancy getötet?«, flüsterte Jean.

Poirot erhob sich.

»Ich schlage vor, wir begeben uns noch einmal zum Tatort«, sagte er.

Er ging voran, und alle folgten ihm. Aber als sie aus dem Haus traten, verschlug es allen gleichzeitig den Atem. Nichts deutete mehr auf das tragische Ereignis hin; der Schnee war glatt und unberührt.

»Mann, o Mann!«, sagte Eric und sank auf die Stufen. »Das Ganze war doch kein Traum, oder?«

»Höchst mysteriös«, sagte Poirot. »Das Geheimnis der verschwundenen Leiche.« Seine Augen funkelten verschmitzt.

Jean trat näher an ihn heran, da ein jäher Verdacht in ihr aufstieg.

»Monsieur Poirot, Sie haben doch nicht – Sie sind doch nicht – ich meine, Sie haben uns doch nicht die ganze Zeit an der Nase herumgeführt? Oh, ich glaube, das haben Sie wirklich!«

»So ist es, meine Kinder. Ich wusste von Ihrem kleinen Komplott, und darum habe ich ein kleines Gegenkomplott arrangiert. Ah, da ist Mademoiselle Nancy – unbeschadet, wie ich hoffe, nach ihrer hervorragenden schauspielerischen Leistung in meiner kleinen Komödie.«

Es war tatsächlich Nancy Cardell, wie sie leibte und lebte. Ihre Augen glänzten, und das ganze Persönchen strahlte Gesundheit und Vitalität aus.

»Sie haben sich doch nicht erkältet? Sie haben den Lindenblütentee getrunken, den ich Ihnen aufs Zimmer schickte?«, erkundigte sich Poirot vorwurfsvoll.

»Ein einziger Schluck davon hat mir genügt. Es geht mir prima. Habe ich meine Sache gut gemacht, Monsieur Poirot? Aber mein Arm tut ganz schön weh von der Aderpresse!«

»Sie waren großartig, *ma petite*. Aber wollen wir die anderen nicht aufklären? Sie tappen noch immer im Dunkeln, wie ich sehe. Nun, *mes enfants*, ich ging zu Mademoiselle Nancy, sagte ihr, dass ich über Ihr kleines Komplott Bescheid wisse, und fragte sie, ob sie für mich eine Rolle spielen würde. Sie ging sehr geschickt vor. Sie veranlasste Mr. Levering, ihr eine Tasse Tee zu machen, und es gelang ihr außerdem, dass er derjenige war, der die Fußspuren im Schnee zurückließ. Als der Augenblick gekommen war und er dachte, sie sei durch einen unglücklichen Zufall tatsächlich tot, hatte ich alle Indizien, um ihm Angst zu machen. Was geschah, nachdem wir ins Haus gegangen waren, Mademoiselle?«

»Er kam mit seiner Schwester herunter, riss mir den Rubin aus der Hand, und dann machten sie sich Hals über Kopf aus dem Staub.«

»Aber Monsieur Poirot, was ist mit dem Rubin?«, rief Eric. »Heißt das, dass Sie die beiden mit dem Rubin haben entwischen lassen?«

Poirot machte ein langes Gesicht, als er dem Kreis vorwurfsvoller Blicke begegnete.

»Ich werde ihn wieder herbeischaffen«, sagte er matt; aber er spürte, dass er in ihrer Achtung gesunken war.

»Das will ich auch schwer hoffen!«, begann Johnnie. »Die beiden mit dem Rubin abhauen zu lassen!«

Aber Jean war scharfsinniger.

»Er nimmt uns schon wieder auf den Arm!«, rief sie aus. »Habe ich recht?«

»Greifen Sie in meine linke Rocktasche, Mademoiselle.«

Jean schob eifrig die Hand hinein und zog sie mit einem triumphierenden Schrei wieder heraus. Sie hielt den großen Rubin in all seiner funkelnden Pracht in die Höhe.

»Sie müssen wissen«, erläuterte Poirot, »der andere war nur eine wertlose Nachbildung, die ich aus London mitgebracht hatte.«

»Ist er nicht raffiniert?«, fragte Jean begeistert.

»Eins haben Sie uns aber noch nicht verraten«, sagte Johnnie unvermittelt. »Woher wussten Sie von dem Jux? Hat Nancy es Ihnen erzählt?«

Poirot schüttelte den Kopf.

»Aber woher wussten Sie es denn?«

»Es gehört zu meinem Beruf, dergleichen zu wissen«, sagte Poirot leise lächelnd, als er Evelyn Haworth und Roger Endicott zusammen den Weg hinuntergehen sah.

»Ja, ja, aber verraten Sie es uns doch! Ach bitte, bitte! *Lieber* Monsieur Poirot, bitte verraten Sie es uns.«

Er war von einem Kreis aufgeregter, begieriger Gesichter umringt.

»Sie wollen wirklich, dass ich das Rätsel für Sie löse?«

»*Ja!*«

»Ich glaube nicht, dass ich das kann.«

»Warum nicht?«

»*Ma foi*, Sie werden sehr enttäuscht sein.«

»Ach bitte! Sie müssen es uns verraten! Woher *wussten* Sie es?«

»Nun ja, ich war in der Bibliothek –«

»Und?«

»Und Sie haben draußen über Ihr Vorhaben gesprochen – und das Fenster stand offen.«

»Das ist alles?«, fragte Eric empört. »Na, dann war's keine Kunst!«

»Nicht wahr?«, sagte Poirot lächelnd.

»Jedenfalls wissen wir jetzt alles«, sagte Jean mit Befriedigung in ihrer Stimme.

»Tatsächlich?«, murmelte Poirot bei sich, als er ins Haus ging. »*Ich* weiß *nicht* alles – ich, zu dessen Beruf es gehört, dergleichen zu wissen.«

Und er zog, wohl zum zwanzigsten Mal, ein ziemlich schmutziges Blatt Papier aus der Rocktasche.

»*Essen Sie keinen Plumpudding.*«

Poirot schüttelte verwirrt den Kopf. Im gleichen Moment wurde er sich eines merkwürdigen Keuchens in unmittelbarer Nähe seiner Füße bewusst. Er blickte zu Boden und erspähte ein schmächtiges Mädchen in einem geblümten Kleid. In der linken Hand hatte sie eine Kehrschaufel und in der rechten einen Besen.

»Wen haben wir denn hier?«, erkundigte sich Poirot.

»Annie Hicks, wenn's recht ist, Sir. Ich helfe der Köchin und dem Stubenmädchen.«

Poirot hatte einen Geistesblitz. Er reichte ihr den Zettel.

»Haben Sie das geschrieben, Annie?«

»Ich hab's nur gut gemeint, Sir.«

Er lächelte sie an.

»Aber natürlich. Wollen Sie mir nicht alles erzählen?«

»Es war bloß wegen den beiden, Sir – dem Mr. Levering und seiner Schwester. Von uns kann die keiner leiden; und dass *sie* überhaupt nicht krank war, das haben wir gleich gemerkt. Ich hab mir gedacht, dass da was faul ist. Ich sag's Ihnen frei heraus, Sir, ich hab an der Tür gelauscht und hab ihn klipp und klar sagen hören: ›Dieser Poirot muss schleunigst aus dem Weg geräumt werden.‹ Und dann sagte er zu ihr: ›Wo hast du es hingetan?‹ Und sie antwortete: ›In den Pudding.‹ Und da war mir klar, dass die Sie mit dem Weihnachtspudding vergiften wollten, aber ich hab nicht gewusst, was ich machen soll. Die Köchin tät einer wie mir ja doch nicht glauben. Und da hab ich gedacht, ich schreib Ihnen, um Sie zu warnen, und hab den Brief in die Halle gelegt, damit Mr. Graves ihn auch ganz bestimmt sieht und Ihnen bringt.«

Annie hielt atemlos inne. Poirot musterte sie längere Zeit.

»Sie lesen zu viele Unterhaltungsromane, Annie«, sagte er schließlich. »Aber Sie haben ein gutes Herz, und Sie sind nicht dumm. Wenn ich wieder in London bin, werde ich Ihnen ein ausgezeichnetes Buch schicken über *le ménage* sowie das Leben der Heiligen und ein Werk über die ökonomische Stellung der Frau.«

Er ließ die völlig verdutzte Annie stehen und durchquerte die Halle. Er hatte in die Bibliothek gehen wollen, doch durch die offene Tür sah er, dicht nebeneinander, einen dunkelhaarigen Kopf und einen blonden, und so hielt er inne, wo er war. Plötzlich schlangen sich zwei Arme um seinen Hals.

»Was bleiben Sie ausgerechnet unter dem Mistelzweig stehen!«, sagte Jean.

»Ich auch!«, rief Nancy.

Poirot genoss das Ganze – genoss es in der Tat ganz ungemein.

Friedrich Ani

Die Geburt des Herrn J.

»Das musste jetzt mal sein«, sagte Carl Jeckel am Tresen der Gaststätte Postgarten in Maibach, einem 3000-Einwohner-Ort im Schatten der Voralpen. Am Stammtisch brannten die vier roten Kerzen des Adventskranzes. Der Wirt, Leonhard »Hardy« Beck, blickte weniger gästeverachtend als gewöhnlich drein, und Monika, die mit ihren Hektikattacken auch den geduldigsten Gast brutal nervende Bedienung, hatte ihren freien Tag. Das Leben aus der Sicht von Carl Jeckel hätte an diesem vierten Advent kaum besser sein können.

»Musste sein«, wiederholte Jeckel.

Hardy nickte. Er war dreiundsechzig, seit mehr als dreißig Jahren Wirt und konnte sich nicht erinnern, jemals einem seiner Gäste mehr als fünf Sätze zugehört zu haben, inklusive seiner Stammgäste wie dem Jeckel Charly, dessen Redseligkeit nach Überzeugung des Wirts eine einzige Redunseligkeit war, besonders an Sonntagen.

Heute war Sonntag und Jeckel seit halb elf auf

seinem Platz, und nichts deutete darauf hin, dass er seinen Hocker vor acht Uhr abends verlassen würde.

»Du kennst ja meinen Vater«, sagte er zum Wirt, zum Tresen, zu der Ansammlung von Gläsern auf dem abgeschabten Holzregal, zu seinem Weißbierglas. Weder Mensch noch Ding hörte ihm zu. »Er redet nicht viel, hockt beim Essen, schaufelt in sich rein, und meine Mama verzweifelt an ihm. Seit fünfundzwanzig Jahren. War übrigens nett, die Feier, die du zu ihrer Silberhochzeit ausgerichtet hast, hab ich dir das schon gesagt? Hab ich mich schon bedankt, die Zeit vergeht so schnell. War wirklich nett bei dir, war ja zu erwarten.«

Der Wirt nickte, die Gläser im Regal standen Kopf vor Begeisterung, das Weißbierglas salutierte.

»Schon wieder zwei Wochen her, der zweite Advent.« Er trank einen Schluck, und die Wahrheit schäumte ihm über die Lippen. »Jedenfalls, du kennst ja die Geschichte, er beschwert sich ständig über die Arbeit vom Paul, und der Paul lädt seinen Frust bei mir ab und wirft mir vor, ich würde meinen Laden schlecht führen und mich nicht kümmern. Mich nicht kümmern! Sepp-da-Depp. Wenn sich einer kümmert, dann ich. Ist das nicht so? Ich hab extra sonntags geöffnet, damit die Leute, die auf den Friedhof gehen, frische Blumen mitbringen können. Ist das nicht so? Seit wie lang hab ich mein Geschäft am Sonntag auf? Sag's mir, Hardy. Sag auch mal was, los.«

Hardy sagte: »So ist das.«

»Und das ist die Wahrheit, Herr Barheit. Aber bei uns lädt jeder seinen Müll beim anderen ab. Das war früher schon so, in der Kindheit, du weißt das, du kennst unsere Familie, deine Frau hat bei uns in der Gärtnerei eingekauft, später auch in meinem Laden noch. Die Gärtnerei hatte ihre kritischen Phasen. War das nicht so? Was sagst du? War das nicht so?«

Hardy sagte: »So war das.«

»So und nicht anders. Sepp-da-Depp. Und ich sitz am Tisch, zwischen meiner Mama und meinem Vater und hör mir das Gezeter an. Gezeter ist gut gesagt. Gebrüll und Gemüll.«

Jeckel lachte, allerdings so kurz, dass weder der Wirt noch die Männer am Fensterplatz einstimmen konnten. Jeder der beiden Gäste saß am eigenen Tisch, Wilhelm »Bremser« Bertold und Roland Fuchs kannten sich gut, aber wenn sie in den Postgarten gingen, vermieden sie übertriebene Gesten der Freundschaft. Bremser war Frührentner, früher bei der Berufsfeuerwehr in München gewesen, Fuchs arbeitete seit knapp vierzig Jahren auf dem Postamt, höhere Ziele hatte er nie gehabt, irgendwann wäre er beinah Dienststellenleiter geworden, und die Gründe, die seinen Karrieresprung verhindert hatten, lagen im Dunkeln, und dort sollten sie auch bleiben.

»Was für eine Kindheit, oder, Hardy? Ich hasse Maibach. Hab ich dir das schon mal so deutlich gesagt? Ja? Nein? Ich hasse Maibach, seit ich geboren bin. Ich war ein lausiger Skifahrer, erinnerst dich? Schuss runter, fertig. Im Sommer schwimmen in diesem verseuchten See. Damals hatten wir noch keine Ringkanalisation, das waren noch Zeiten. Und was mach ich heut? Verkauf Blumen. Und wenn ich tot bin, bin ich immer noch umzingelt von Blumen. Dann ist's aus mit dem Blumeneinkauf am Sonntag, so blöd wie ich ist niemand. Abgesehen davon, dass mein Laden dann nicht mehr existiert. Darf ich dir ein Geheimnis anvertrauen? Ich wollte zusperren. Die Sache hat sich dann erledigt. Vor drei Jahren war das. Und dann? Was dann? Sag was. Dann war ich so blöde, mit meinem Bruder darüber zu reden. Und du kennst den Paul, du kennst diese Arschgeige von Bruder. Der hat sich seit seinem elften Lebensjahr nicht verändert, auch im Hirn nicht. Besonders im Hirn nicht. Im Hirn hat der einen Fußball ohne Luft. Da bewegt sich nichts. Und ich geh auch noch zu dem hin und sag: ›Ich muss mit dir reden.‹ Bin ich irre geworden? Was meinst du, Hardy? Ende der Fahnenstange? Die Maibach-Pest? Das Dorftrottel-

Syndrom. Sepp-da-Depp. Geh ich zu meinem Bruder und will mit dem ein ernsthaftes Gespräch führen. Wer ist jetzt der Debilere von uns zweien? Wer ist in dieser Runde der Megadebile? Sag mir das, sag's mir.«

Hardy sagte: »Schwer zu sagen.« Zwischendurch brachte er dem Bremser ein frisches Dunkles und Fuchs eine Rotweinschorle.

»Wir sind zu dir gekommen, weißt noch, oder? Saßen da bei der Tür – denkwürdiger Abend. Paul hörte mir zu, dann grinste er mich an, wie schon als Kind, schlug mir auf die Schulter, bestellte zwei Enzian, grinste weiter, als hätte er eine Gesichtslähmung, schob mir den Schnaps hin, trank seinen aus und sagte: ›Träum weiter, Bruderherz.‹ Soll ich dir verraten, seit wann ich diesen Spruch kenne? ›Träum weiter, Bruderherz.‹ Den hat der zu mir gesagt, da war er elf und ich acht. Ich schwör's dir, Hardy.«

Hardy stellte ein weiteres Weißbier vor Jeckel auf den Tresen und sagte, als meine er es ernst: »Zum Wohl.«

Augenblicklich tunkte Jeckel seinen Mund in den Schaum, hob dann das Glas und kippte es. Erfüllt von nährstoffreicher Hefe, setzte er seine Ansprache fort, fast beschwingt, mit gelegentlich von der Theke froschartig weghüpfenden Händen, die er danach wieder um das Glas legte, wie zur Beruhigung des Weißbiers.

»Dieser Mann ist ein angepasster Wurm, der ist innerlich aus seiner Muttererde nie rausgekommen. Begreifst du mich? Das ist mir plötzlich klargeworden, da hinten bei der Tür. Kannst du dir so was Ungeheuerliches vorstellen? Ich sitze bei dir an einem Montagabend, gemeinsam mit meinem hirnverwesten Bruder, trinke Schnaps und habe eine Erkenntnis. Und die Erkenntnis lautet: er der Wurm, ich der Schmetterling.«

Er senkte den Kopf. Dann machte er eine schnelle ausholende Handbewegung, verharrte, riss den Kopf in die Hände. »Ich wiederhole das jetzt nicht. Damit du nicht denkst, ich schnapp über oder mach mich wichtig. War nur ein Gedanke. Aber eine Erkenntnis schon auch. Mein Bruder hat mit fünfzehn beschlossen, er wird Gärtner wie unser Vater und die Gärtnerei übernehmen, im Dorf bleiben, heiraten, Kinder kriegen, sich im Einheimischenmodell einkaufen und ein schönes Leben haben, arbeitsam, aber schön. Wie ist's gekommen? Genau so. Er hat's hingekriegt, hat seine Lehre gemacht, stieg in den Betrieb ein, expandierte, belieferte irgendwann sämtliche Pfarreien im Landkreis, vielleicht nicht alle, aber die meisten, freundet sich mit Bürgermeistern an, wickelt Geschäfte mit Rathäusern und Standesämtern ab, cleverer Bursche, der Paule. Und ich? Was mach ich? Ich geh zur Polizei. Du weißt das, große Sache: Der Charly trägt jetzt eine Uniform, war schon was. Polizeiobermeister. Ich wollt später nach München, zur Kripo. Da schaust du. Das habe ich für mich behalten. Hab eh das Meiste im Leben für mich behalten, was geht das die Arschgeigen an. Was? Sag's mir. Sag was.«

Hardy sagte nichts, legte dafür viel Ausdruck in seinen Blick. Jeckel empfand Zufriedenheit und Geborgenheit.

»Das war der Plan. Gehobener Dienst, raus aus Maibach und nie mehr zurück. Was erleben. Ist das verboten? Wie hört sich das in deinen Ohren an? Gut hört sich das an, selbstverständlich gut. Hat sich dann nicht ergeben, kommt vor. Sepp-da-Depp. Sagt dieser Blödmann von Bruder zu mir: ›Träum weiter, Bruderherz.‹ Ich hab zu ihm gesagt, zu meinem Fünfzigsten ist Schluss mit dem Laden in der Bahnhofstraße, soll ihn die Evelin übernehmen, hab ich zu ihm gesagt, die Evelin und ihr Mann, die kriegen das hin, das wird sich für die beiden lohnen. Und ich bin weg. Er fragt mich, was ich vorhabe, und ich sage: Berlin. Schaut er mich dermaßen blöde an, dass ich dachte, er brunzt gleich aus der Nase. Berlin. Als hätte ich einen Fluch ausgesprochen, verstehst du? Was ist schlimm an Berlin? Ich geh in die Hauptstadt, sage ich zu ihm, und dann schauen wir mal. Er fragt mich, ob ich spinne, ich sag zu ihm: ›Wenn hier einer spinnt, dann du, und zwar seit der Kindheit.‹ Er wurde langsam wütend. Erinnerst du dich? Da hinten saß er, an der Wand, mit dem Gesicht zu dir, sensationell verwirrt. Auf meinem Konto sind achtunddreißigtausend Euro, die haben sich angesammelt im Lauf der Jahrhunderte, die ich jetzt hier leb. Die reichen eine Zeitlang, was meinst du? In Berlin kann man billig durch den Alltag kommen, davon hat der Gärtner natürlich keine Ahnung, dem mangelt's vollständig an Vorstellungskraft. Der Paul hat die Phantasie eines Aschenbechers. Das weißt du so gut wie ich. Der Paul hat seine Birgit zu Haus sitzen, die kocht und hält das Haus in Ordnung, und seine zwei Buben schreiben gute Noten und fahren Ski im Winter und gehen im Sommer tauchen, oben im Kolbsee. Mehr braucht er sich nicht vorzustellen. Sagt er zu mir, was das werden soll mit dem Weggehen, ich hätte ja schon als Polizist auf ganzer Linie versagt. So reden die über mich, seit jeher. Ich hab damals aber nicht versagt, das weißt du so gut wie ich. Ich war auf Streife, und wir fuhren ganz Bad Hochstädt ab, die Einkaufsstraßen, wegen der Einbrüche in letzter Zeit, und da ist plötzlich ein Lichtschein in der Jugendherberge, obwohl die eigentlich geschlossen war, und ich sag zum Haberl Werner, wir müssen rein, nachsehen, der Werner zögert noch, da knallt ein Schuss, wir aus dem Wagen, vorsichtig näher ans Objekt, wieder ein Schuss, wieder ein Lichtschein, unübersichtliche Situation, war doch alles nicht abzuschätzen, Sepp-da-Depp, was hätt ich machen sollen? Hätt ich warten sollen, bis der einen von uns abknallt? Kein Mensch wusste, was der für eine Waffe im Dunkeln auf uns richtet, es war Mitternacht, oder etwa nicht? War das vielleicht taghell? War da was zu sehen? Sag was. War da was zu erkennen in dem Haus? Nichts. Dann taucht das Gesicht hinter dem Fenster auf, und der Schein der Taschenlampe leuchtet, und ich seh die Pistole und dann? Was hättst du denn getan? Was hättst denn du getan, Bremser? Und du, Fuchsi? Ihr hättet alle dasselbe getan wie ich. Geschossen. Was denn sonst? Notwehr. Im Dunkeln. Der Einbrecher richtete eine Waffe auf uns, den Haberl und mich. Ein Schuss. Hinterher schreiben die Journalisten, ich hätt das realisieren müssen, dass der Junge bloß eine Schreckschusspistole hatte, das hätt ich hören müssen, ich hätt das merken müssen, dass nirgends eine Kugel einschlägt. Dass der bloß blufft. Hinterher haben alle Augen im Dunkeln und sehen alles und wissen alles und sind clever, wie mein Bruder. Auf der ganzen Linie versagt. Stimmt. Er hat recht. Die haben doch recht seit jeher, findest du nicht? Ich find schon. Rechter hat kein Mensch. Keine Anklage, klare Notwehrsituation. Die haben demonstriert in Bad Hochstädt, gegen mich, hast du das vergessen? Kann man nicht vergessen, die haben den Rechtsstaat beschimpft, die Justiz, uns alle. Die Eltern des toten Jungen vornweg. Er war siebzehn, er hatte eine Pistole, ich war im Dienst, da waren die Einbrüche in den vergangenen Monaten, der Schaden ging in die Hunderttausende, wir sollten patrouillieren, schauen, dass die Serie endlich aufhört, wieder für Ruhe sorgen, dafür wurden wir bezahlt. Kapierst du das, Hardy? Ist das angekommen in diesem deinem Gehirn? Sehr gut. Im Gehirn meines Bruders ist nämlich nichts angekommen, nie, und im Gehirn meines Vaters und meiner Mutter genauso wenig. Wenn ich denen erzählt hätte, dass ich zur Kripo will, hätten die gewiehert.«

Er wartete, bis der Wirt das frische Glas hinstellte, und packte ihn dann am Handgelenk. »Raus aus der Polizei, rein ins Geschäftsleben. Also doch noch. Sepp-da-Depp, so kommt's im Leben manchmal. Ich hab meinen Laden nicht zugesperrt, aber nicht, weil mein Bruder so gequatscht hat, garantiert nicht. Ich hab meinen Laden nicht zugesperrt, weil's mir egal war, das alles. Das ist die Wahrheit, Herr Barheit. Totale Egalheit da drin. Und in vier

Tagen ist Weihnachten. Sehr schön. Fehlt nur noch der Schnee. Wahrscheinlich fällt der Schnee heuer aus, die Klimaerwärmung ist schuld. Oder der liebe Gott. Oder du. Oder du, Bremser. Ausgebremst. Ich muss jetzt nachdenken.« Er verstummte, und der Wirt und die beiden Männer am Fenster überlegten, ob Jeckel tatsächlich nachdachte oder nur so tat. Für sie machte das keinen Unterschied, da ihnen egal war, was dabei herauskam.

Nach einigen Minuten, in denen ein adventliches Schweigen den Postgarten erfüllte, glitt Jeckel vom Barhocker, verrückte ihn ein paar Zentimeter erst zur einen, dann zur anderen Seite und stützte beide Hände auf die Sitzfläche. »Ich fühle mich wie neugeboren«, sagte er zum Wirt, zu den Gläsern im Regal, zu seinem halbvollen Weißbierglas. »Und wenn ich genau nachdenk, fühle ich mich eigentlich wie überhaupt erst geboren. Nicht schlecht. Wie spät? Haufen Zeit schon wieder vergangen, das zermürbt einen. Hab ich zu meinem Vater gesagt: Rackerei zeitlebens, und die Zeit vergeht ohne dich. Hat er nicht verstanden. Meine Mutter saß mit am Tisch, schmierte sich ein Brot mit Marmelade, du kennst sie ja, sie kocht die Marmelade selber ein, seit meiner Kindheit geht das so, Brombeer, Himbeer, Erdbeer, die ganze Palette. Ich hasse Marmeladenbrote. Dann kam Paul, zu spät, hatte Streit mit seiner

Birgit wegen der Kinder, der übliche Kram. Meine Mutter war selig, als die Familie wieder vereint am Tisch saß, Adventsfrühstück, selig sind die Adventsfrühstücker. Sehr wichtige Gespräche. Essen an Heiligabend, Würstel mit Kartoffelsalat, Gans am ersten Feiertag, völlig überraschend. Gegen das Blaukraut meiner Mutter kannst du nichts sagen, das sag ich dir, nichts kannst du sagen, also sag auch nichts. Mein Bruder rauchte, meine Mutter schnorrte eine, ein Ritual. Paul ging aufs Klo. Ich wartete, bis ich hörte, wie er die Tür verriegelte, dann nahm ich den vollen Aschenbecher, und die Kippen rieselten auf den schönen Teppichboden. So war das, mein Freund, schöne Sauerei alles in allem.«

Hardy sagte: »Wie geht's eigentlich der Miriam?« Den Satz hatte er für fast jeden seiner Stammgäste parat, der Wortlaut war jedes Mal der gleiche, bis auf den Namen der Frau, den wechselte er aus, damit keine Unstimmigkeiten aufkamen.

»Zu der geh ich jetzt«, sagte Jeckel. »Wir haben nichts mehr miteinander, aber manchmal kocht sie was, einen Braten, Hähnchen, sehr angenehm. Ideal für meine Verhältnisse. Ich zahl dann mal, wenn's dir keine Umstände macht.«

»Einundzwanzig siebzig«, sagte Hardy ungezwungen.

Wie die Kripo rekonstruierte, schlug Carl Jeckel zuerst zwei Mal mit dem schweren Kristallaschenbecher auf seine Mutter ein, dann ebenfalls zwei Mal auf seinen Vater, und als Paul Jeckel aus dem Badezimmer kam, zertrümmerte er ihm mit zwei gezielten Schlägen den Schädel. Seinen Vater erdrosselte Carl Jeckel daraufhin mit dem Telefonkabel, und als seine Mutter aus dem Zimmer kriechen wollte, auch sie mit einem Verlängerungskabel, das zum Fernseher führte. Als der Erste Kriminalhauptkommissar Peters ihn fragte, warum er das getan habe, sagte Carl Jeckel: »Das musste jetzt mal sein.«

Am vierundzwanzigsten Dezember schneite es dann doch noch im oberbayerischen Maibach.

Martin Walker

Bruno und Knecht Ruprecht

In der französischen Kleinstadt Saint-Denis war der letzte Markttag vor Weihnachten ungewöhnlich kalt. Auf dem Marktplatz und entlang der Rue de Paris stampften die Händler von einem Fuß auf den anderen und hauchten in die klammen Hände, umdrängt von Kunden, die Enten, Gänse und Truthähne fürs Fest haben wollten. Junge Männer rissen Witze über die globale Erwärmung; die älteren schnieften und erzählten von Winterzeiten, in denen Familien beim Vieh im Stall geschlafen hatten, um nicht zu erfrieren. Die fahle Dezembersonne am stahlblauen Himmel versuchte dabei tapfer, die Erinnerung an angenehmere Temperaturen wachzuhalten. Enten watschelten über das dicker werdende Eis am Ufer der Vézère, und aus der Mairie kam ein verkleideter Weihnachtsmann, um einen Aushang ans Schwarze Brett zu heften, der allen älteren Bewohnern Brennholz gratis versprach.

Mit einer Pelzkappe auf dem Kopf stand *grand-père* Pagnol wie immer neben den Steinstufen, die zum oberen Platz führten. Er konnte die große Nachfrage nach seinen gerösteten Kastanien kaum befriedigen. Dutzende von Käufern scharten sich um seine Kohlenpfanne, um es ein bisschen wärmer zu haben, während Pagnol ihnen mit heiterer Miene Schneefälle in Aussicht stellte und eine weiße Weihnacht versprach.

Bruno Courrèges, der erste und einzige Polizist des Städtchens, fand es im Grunde peinlich, den Weihnachtsmann zu spielen, war heute aber dankbar für den falschen Bart, der einen Großteil seines Gesichts vor der Kälte schützte. Er grüßte die Menge um Pagnols glühendes Kohlenbecken und stieg die Stufen hinauf, um den Mitgliedern des kleinen Kirchenchors die Hände zu schütteln und ihnen einen Kuss auf die Wangen zu geben; sie hatten sich bereiterklärt, an einem von Bruno geplanten Experiment teilzunehmen.

Eine Frau, die er nur an den Augen erkennen konnte, ließ sich von seinem Bart nicht abhalten und drückte ihm einen Kuss auf die Lippen. Ihre auffallend schönen bronzeroten Haare waren unter einem Beret aus weißer Angorawolle versteckt. Es war Pamela, die, obwohl sie eigentlich aus Schottland stammte, von allen »die verrückte Engländerin« genannt wurde, was jedoch nicht böse gemeint war. Während einer jener angenehmen, aber seltenen Nächte, in denen er ihr Bett teilen durfte, hatte sie ihm gesagt, dass ihr an den hiesigen Festtagen im Vergleich zur Weihnacht in ihrer Heimat drei Dinge fehlten. Zum einen war dies der Schnee, den es aber, wie es aussah, dieses Jahr geben würde; dann ein richtiger Christmaspudding mit Brandybutter und einer darin versteckten Sixpenny-Münze, deren Entdeckung sie als Kind von Jahr zu Jahr aufs Neue begeistert habe. Als drittes schließlich vermisste sie das Singen von Weihnachtsliedern im Freien, und genau das hatte Bruno mit ein wenig diplomatischem Geschick in die Wege geleitet.

Er hatte Freiwillige aus dem Kirchenchor gewinnen können, deren Zahl um mehrere ansässige Engländer verstärkt und Fabrice überredet, für die instrumentale Begleitung zu sorgen. Der junge Mann, der bei Tanzveranstaltungen des Rugbyclubs immer Akkordeon spielte, hatte sich Handschuhe besorgt, die nur die Finger freiließen. Trotzdem klagte er, dass seine Hände zu kalt wären, um spielen zu können. Bruno nickte verständnisvoll und räumte ihm den Ehrenplatz neben Pagnols glühendem Kohlenbecken frei, während der Chor auf den Stufen Aufstellung nahm. Schließlich gab er Pater Sentout, der mit seinen zusätzlichen Kleidungsschichten, die er unter der Soutane trug, noch korpulenter als sonst aussah, das Zeichen anzufangen.

Das erste Stück war *Vive le vent* und wurde angemessen lebhaft vorgetragen. Für Bruno klang es sehr viel interessanter, nachdem die englische Gruppe darauf bestanden hatte, den ihm bekannten Text *Jingle Bells* dazu zu singen. Während der Proben hatte sich Bruno darüber gefreut zu erfahren, dass es für die meisten französischen Weihnachtslieder ein englisches Pendant gab, es aber allen offenbar mehr Spaß machte, die eigene vertraute Version zu singen. So wurde aus *Silent Night Douce Nuit,* und *Viens, Peuple Fidèle* lautete auf Englisch *Oh Come, All Ye Faithful.* Dank der unerwarteten Teilnahme von Horst, einem deutschen Archäologieprofessor, der ein Haus in Saint-Denis hatte, war bei der Darbietung von *Mon Beau Sapin* neben dem englischen *Oh Christmas Tree* außerdem der deutsche Text von *O Tannenbaum* zu hören. So sollte Europa sein, dachte Bruno, ein fröhliches Singen desselben Stücks in der jeweils eigenen Sprache.

Als der Chor *Rudolph, the Red-Nosed Reindeer* beziehungsweise *Le P'tit Renne au Nez Rouge* begeistert und voller Elan anstimmte, ging Bruno mit einer Sammelbüchse vom Roten Kreuz herum, bat Zuhörer und Passanten um Spenden und rief am Schluss eines jeden Liedes laut Beifall. Bald hatte er so viele Münzen gesammelt, dass er mit seiner Büchse wie mit einer Rassel den Takt schlagen konnte. Die

Leute mussten ihn bremsen, um Geld einwerfen zu können, und es kamen immer mehr. Also war auch in dieser Hinsicht Brunos Experiment ein voller Erfolg. Und *grand-père* Pagnol hatte nie so viele Maronen verkauft.

In seiner Funktion als Polizist gab es für Bruno kaum ein größeres Vergnügen, als seine Mitbewohner für gemeinsame Unternehmungen zu gewinnen und zu organisieren, vor allem dann, wenn damit verschiedene Nationalitäten zusammengebracht werden konnten. In der vorderen Chorreihe war zwischen Pamela und Florence ein neues Gesicht auszumachen, eine junge Frau, die trotz der tief in die Stirn gezogenen Wollmütze und des verhüllenden Schals, den sie trug, unverkennbar mediterraner Herkunft war. Miriam, eine Libanesin und fromme Kirchgängerin, war erst vor kurzem zugezogen und arbeitete als Dentalhygienikerin. Ihr Sohn hatte sich in Brunos Rugbyklasse einschreiben lassen und zeigte Talent zum Sprinter. Erfreut darüber, dass Miriam regelmäßig an der Messe teilnahm, hatte Pater Sentout sie rasch für den Chor angeworben und ihr für das Finale an diesem Tag einen Solopart zugedacht.

Fabrice war froh, nicht mehr Akkordeon spielen zu müssen, und wärmte seine Hände über dem Kohlenbecken. Ohne seine Begleitung stimmte der Chor nun das alte lateinische Lied *Gaudete* an, einen Wechselgesang mit Miriam als Solistin, die ihre klare Sopranstimme in die kalte Luft emporschweben ließ.

Mundus renovatus est, a Christo regnante.

Miriam war klein und ein wenig rundlich, mit blitzenden dunklen Augen und einem Wust von glänzend schwarzen Haaren, die sich nur schwer zu einer Frisur bändigen ließen. Sie wirkte sehr niedergedrückt. Bruno wusste nicht, was der Grund dafür sein mochte, aber wie den meisten war auch ihm aufgefallen, dass eine tiefe Traurigkeit von ihr ausging. Pater Sentout hatte sie offenbar ins Herz geschlossen, und im Chor kümmerten sich vor allem Florence und Pamela um sie. Die Ärztin Fabiola, die in einer von Pamelas *gîtes* zur Miete wohnte, hatte sich sogar mit ihr angefreundet. Vielleicht wussten sie, was der jungen Frau so zu schaffen machte, ließen Bruno aber im Ungewissen.

Nun schien es, als sei ihre Melancholie für den Moment in der Freude am Singen und an der Gemeinschaft aufgehoben. Die Mitsänger umringten sie und gratulierten ihr. Der alte Pagnol schenkte ihr seine letzten Maronen und verbeugte sich. Richard, ihr Sohn, strahlte vor Stolz, als er hinter dem Rücken von Pater Sentouts Haushälterin auftauchte und herbeilief, um seine Mutter zu umarmen. Brunos Sammelbüchse, die die Zuhörer dankbar mit Münzen und Geldscheinen vollstopften, wurde immer schwerer. Die Chorsänger verzogen sich in Fauquets Café, um heiße Schokolade und Kaffee zu trinken, verfeinert mit dem herrlich duftenden Antillen-Rum, den Fauquet bevorzugt ausschenkte. Bruno blieb auf dem Marktplatz zurück, bis seine Büchse so voll war, dass sie nicht mehr rasselte.

Er war gerade auf dem Weg, um sich zu den anderen im Café zu gesellen, als sein Handy vibrierte. Die SMS war knapp und amtlich. Die Préfecture de Police in Paris bat ihn, den Eingang eines Faxes zu bestätigen. Oben in seinem Büro zog er das Weihnachtsmannkostüm aus und schlüpfte wieder in seine Uniform. Der schwarze Umhang an der Garderobe erinnerte ihn daran, dass er sich noch mit seinem Freund, dem Baron, kurzschließen musste, der versprochen hatte, ihm beim Gottesdienst am Weihnachtstag als *Père Fouettard* zu assistieren.

Wie viele andere Ortschaften im Périgord hatte Saint-Denis während des Krieges eine große Anzahl an Flüchtlingen aufgenommen. Die meisten waren nach 1940 aus dem Elsass gekommen, als die deutschen Besatzer alle Franzosen von dort zu deportieren versucht hatten. Manche von ihnen hatten in der Stadt geheiratet und waren geblieben; andere waren nach den Krieg mit dem neuen Mann oder der neuen Frau in die elsässische Heimat zurückgekehrt. Diese Familien standen aber immer noch in Kontakt untereinander und sorgten für eine enge Beziehung beider Regionen. Es gab Partnerstädte, Schüleraustauschprogramme und hier wie dort die Pflege bestimmter Traditionen. In Saint-Denis waren so zum Beispiel die Elsässer Weine und *choucroûte* sehr beliebt; außerdem hatte man *Père Fouettard* adoptiert, den in Schwarz gekleideten Begleiter des Weihnachtsmanns, der mit einem Rohrstock die bösen Kinder bestrafte. Doch dazu kam es nicht mehr. Während der Weihnachtsmann Süßes spendierte, teilte Pére Fouettard allenfalls Saures aus, Zitronendrops, gesalzene Kekse oder Elsässer Salmiakpastillen, die leicht bitter schmeckten.

Das Fax informierte Bruno über einen dreißigjährigen Mann namens Jean-Pierre Bonneval, der gegen Bewährungsauflagen verstoßen, sich nicht mehr am Arbeitsplatz gemeldet und die Unterkunft verlassen hatte, in der er bis zum Ende seiner dreijährigen Bewährungszeit wohnen sollte. Sie wäre in vier Monaten abgelaufen, las Bruno. Der zweite Absatz des Schreibens erklärte, warum ausgerechnet er darüber in Kenntnis gesetzt wurde. Bonnevals geschiedene Frau Miriam war mit dem gemeinsamen Sohn Richard nach Saint-Denis umgezogen. Bruno sollte sofort Meldung erstatten, falls der Strafgefangene in der Stadt auftauchte.

Weihnachten, dachte Bruno. Eine Zeit, in der ein Vater wohl jedes Risiko auf sich nähme, seinen Sohn zu sehen, auch wenn er dafür wieder ins Gefängnis zurückkehren und noch länger einsitzen müsste. Aus dem letzten Abschnitt der Nachricht ging hervor, dass Bonneval wegen Drogenhandel und Schmuggel verurteilt worden war.

Seite zwei des Faxes zeigte zwei Fotos des Gesuchten, frontal und im Profil. Die Kopie war schlecht, ließ aber einen kräftigen jungen Mann mit ordentlich geschnittenen Haaren und hellen Augen erkennen. Sein ansprechendes Gesicht wirkte heiter, und er hatte ganz viele Lachfältchen um die Augen. Seltsam, dachte Bruno. Männer, die vom Polizeifotografen abgelichtet wurden, sahen in der Regel wie Schurken aus. Bonneval aber machte auf den Fotos einen geradezu vertrauenswürdigen Eindruck und sah wie ein Rugbyspieler aus. Nachvollziehbar, dass sich Miriam in ihn verliebt hatte. Bruno konnte sich durchaus vorstellen, ein Bier mit ihm zu trinken. Doch wusste er natürlich auch, dass man sich vom Äußeren nicht täuschen lassen durfte, gerade ein professioneller Betrüger musste vertrauenswürdig aussehen.

Bruno bestätigte den Fax-Eingang und meldete sich beim *Conseiller d'Insertion et de Probation* in Paris, dessen Name und Durchwahl im Schreiben angeführt waren. Es antwortete eine junge Frau, die sich als Bonnevals Bewährungshelferin vorstellte. Bruno erklärte, dass sich ihr Mandant noch nicht habe blicken lassen, versprach aber, in Miriams Wohnung nachzusehen und sich dann wieder zu melden. Ob sie ihm etwas über den Fall sagen könne, was eventuell weiterhelfen würde?

»Er war bei der Arbeit und hat es irgendwie geschafft, seine elektronischen Fußfesseln loszuwerden. So ist er uns durch die Lappen gegangen«, berichtete sie. »Zwischen ihm und seinem Arbeitgeber hat es vorher offenbar Krach gegeben.«

Wenn ein Gefangener entflohen war, stattete man für gewöhnlich Angehörigen oder anderen Kontaktpersonen einen Besuch ab. Aber dieser Fall sei anders gelagert, erklärte die Bewährungshelferin. Bonneval habe sich schon im Gefängnis stets mustergültig verhalten, sodass ihm im Rahmen eines besonderen Programms die Rückkehr in ein normales Leben erleichtert worden sei. So habe man ihm einen betreuten Wohnplatz und Arbeit bei einem für solche Fälle geprüften Arbeitgeber verschafft.

»Ich lese hier, er wäre in weniger als vier Monaten ein freier Mann gewesen«, sagte Bruno. »Warum verschwindet er ausgerechnet jetzt?«

Die Bewährungshelferin wusste darauf auch keine Antwort und gab an, Bonneval habe ihr am Abend seines Verschwindens eine Nachricht auf den Anrufbeantworter gesprochen. Es tue ihm leid, sie zu enttäuschen, habe er gesagt, aber er sei von seinem Chef um den Lohn betrogen worden. Er hatte sich schon vorher darüber beschwert, und er war nicht der Erste, der sich über den Tisch gezogen fühlte.

»Unternehmer zu finden, die verurteilten Straftätern auf Bewährung Arbeit geben, ist nicht leicht«, sagte sie. »Und diejenigen, die sich bereit erklären, sind nicht immer die besten. Schon gar nicht der, von dem hier die Rede ist. Trotzdem glaubte ich, Jean-Pierre davon überzeugt zu haben, dass es wichtig für ihn ist, seinen Job zu behalten.«

Gegen Ende des Telefonats nannten sich Bruno und Hélène beim Vornamen. Sie kam, wie er erfuhr, aus Brive-la-Gaillarde, einer Ortschaft, die weniger als eine Autostunde von Saint-Denis entfernt war, und fühlte sich dem Périgord immer noch sehr verbunden. Die beiden tauschten ihre Handynummern aus. Außerdem diktierte Hélène ihm auch die Telefonnummer ihrer Mutter in Brive, bei der sie über Weihnachten sein würde, und ihre Stimme verriet, dass sie auf einen Anruf von ihm hoffte.

»Sie hören sich gar nicht wie ein Gendarm an«, sagte sie eine Spur kokett.

»Ich bin auch keiner.« Und er erklärte, dass er vom Bürgermeister als Gemeindepolizist angestellt war.

Als Bruno schließlich in Fauquets Café ankam, waren Miriam, ihr Sohn und die meisten anderen Chormitglieder schon zum Mittagessen nach Hause gegangen. Pamela saß an einem der kleinen runden Tische und nippte an ihrem Getränk, während Florence Mantel, Hut und Handschuhe anzog, um sich ebenfalls zu verabschieden.

»Ihr habt toll gesungen«, lobte Bruno, stellte die Sammelbüchse auf dem Tisch ab und schraubte den Deckel auf. »Zählen wir, was zusammengekommen ist, bevor ich es abliefere.«

»Ich muss mich um die Zwillinge kümmern«, sagte Florence, die neben ihrem Engagement im Chor und als Naturkundelehrerin am *collège* der Stadt zur Schatzmeisterin der hiesigen Vertretung des Roten Kreuzes sowie zur Sekretärin des Ortsverbandes der Grünen avanciert war. Bruno traute ihr zu, dass sie, wenn ihre Kinder erwachsen waren, womöglich auch die erste Bürgermeisterin von Saint-Denis werden könnte.

»Wenn du heute Nachmittag zu Hause bist, bringe ich dir das Geld vorbei«, sagte Pamela. »Oder soll ich es gleich aufs Konto einzahlen?«

»Könntest du das bitte erledigen? Ich stehe ein bisschen unter Zeitdruck«, erwiderte Florence und ging.

Bruno zählte die Münzen, Pamela die Scheine. Sie

kamen auf eine Summe von zweihundertsiebzehn Euro und dreiundsechzig Cent. Dann rechneten sie noch einmal nach – diesmal Bruno die Scheine und Pamela die Münzen – und freuten sich, als sie zum selben Ergebnis kamen. Bruno steckte das Geld in die Büchse zurück und schraubte den Deckel zu.

»Nicht schlecht, oder?«, meinte Bruno. Er wusste aus Erfahrung, dass Spendenaktionen normalerweise mühevoller und weniger einträglich waren. »Soll ich das Geld zur Bank bringen?«

»Nein, danke«, antwortete Pamela. »Ich sehe deiner Dienstmiene an, dass du eigentlich schon woanders sein solltest, und mir macht es nichts aus. Ist was passiert?«

Bruno nickte, verzichtete aber auf weitere Erklärungen. Pamela war zwar diskret, doch ließen sich manche Dinge nur schwer geheim halten. Es wäre Miriam und ihrem Sohn gegenüber nicht fair, wenn sich über sie als neue Bürger der Stadt als Erstes herumspräche, dass der Vater des Jungen im Gefängnis gesessen hatte. Bruno gab Pamela einen Kuss zum Abschied und machte sich auf den Weg.

Er hatte sich bereits informiert, dass Miriam in einem Weiler wenige Kilometer vor der Stadt wohnte, wo sie im Obergeschoss eines kleinen Hauses, das der Witwe Madourin gehörte, zwei Zimmer bezogen hatte. Seit Jahren alleinstehend – ihre Kinder wohnten weit weg – war Madame Madourin über die Gesellschaft der beiden Mieter wahrscheinlich nicht weniger glücklich als über die Miete. Bruno fiel auf, dass ein einfaches neues Fahrrad mit Kindersitz vor dem Haus stand. Am Lenker hingen zwei Helme, was vermuten ließ, dass Miriam zu Hause war. Auf dem Weg zur Tür scheuchte er ein halbes Dutzend Hühner auf, die gackernd über den Hof davonstoben.

Als Madame Madourin ihm öffnete, klingelte Brunos Handy. Es war Pamela. Sie klang aufgebracht.

»Bruno, ich bin beklaut worden, gleich vor der Bank. Der Dieb ist abgehauen, durch die Seitenstraße in Richtung Kirche.«

»Bist du verletzt?«

»Nein, nur ein bisschen unter Schock.«

»Bleib, wo du bist. Ich bin gleich bei dir«, sagte er.

Er entschuldigte sich bei Madame Madourin, stellte ihr kurz zwei Fragen und eilte zu seinem Transporter zurück, was die Hühner wieder in Aufregung versetzte. Er werde bald wieder vorbeischauen, rief er noch über die Schulter und sprang hinters Steuer. Die Lippen aufeinandergepresst, wartete er ungeduldig die zehn Sekunden Vorglühzeit ab, bevor er den Dieselmotor starten konnte. Mit eingeschaltetem Blaulicht raste er in die Stadt zurück und ärgerte sich darüber, Pamela nicht auf dem Weg zur Bank begleitet zu haben. Immerhin hatte er von der Witwe erfahren, dass Miriam keinen Besuch empfangen hatte und auch kein Fremder vor dem Haus aufgetaucht war.

Diese Art von Straßenraub gab es in Saint-Denis einfach nicht. Fast alle Einwohner unter fünfundzwanzig Jahren hatten bei Bruno Rugby oder Tennis spielen gelernt. Nicht nur sie kannte er, sondern auch deren Eltern, Onkel, Tanten und Geschwister, und alle Jugendlichen kannten ihn. Er hatte sie auf Sportwettkämpfe begleitet, Sieg oder Niederlage mit ihnen geteilt und sie am Ende einer jeden Saison zu sich zum Grillen eingeladen. Bruno war fest davon überzeugt, dass es keine bessere Art der Verbrechensprävention gab als die liebevolle Begleitung Heranwachsender. Zwar stellten auch viele seiner Schützlinge gelegentlich Unsinn an, doch Raub, Vandalismus oder Gewalt waren in Saint-Denis so gut wie unbekannt. Es musste also ein Fremder gewesen sein, der Pamela überfallen hatte, und wer das sein mochte, lag auf der Hand.

Als er mit seinem Transporter auf den Marktplatz einbog, kam ihm Pamela von der Bank aus entgegen, in die sie sich wegen der Kälte zurückgezogen hatte. Sie wirkte ruhig.

»Ich kam an diesen beiden geparkten Fahrzeugen hier vorbei, und plötzlich sprang da jemand auf mich zu. Er war ziemlich groß und schlank und bewegte sich wie ein junger Mann. Anscheinend hat er mir aufgelauert«, berichtete sie. »Er schnappte sich die Büchse, stieß mich gegen das Auto und rannte weg. Ehe ich mich versah, war er schon verschwunden. Ich weiß nur, dass er Jeans trug, eine Art schwarze Jacke mit Kapuze und einen Schal vor dem Gesicht. Ich konnte nicht einmal seine Augen sehen. Es ging alles ganz schnell. Niemand war in der Nähe. Auch die Leute in der Bank haben nichts bemerkt.«

Zwei Stunden später, nachdem er ihre Aussage zu Protokoll genommen, Sergeant Jules von der Gendarmerie informiert und Pamela nach Hause gebracht hatte, besuchte Bruno jeden Laden an der Rue de Paris. Er zeigte das gefaxte Foto von Jean-Pierre Bonneval herum und fragte, ob jemand diesen jungen Mann mit einer schwarzen Kapuzenjacke am Vormittag gesehen habe.

Madame Lespinasse vom *Tabac* sagte, ein ähnlich aussehender Typ habe eine Packung Lucky Strikes bei ihr gekauft und draußen, im windgeschützten Hauseingang, eine Zigarette geraucht, während der Chor auf den Stufen sang. Und Mirabelle, Fauquets Kellnerin, erinnerte sich, ihm ein Baguette verkauft zu haben, als die Chorsänger kamen und warme Getränke bestellten. Bruno fragte Mirabelle, ob er selbst da auch schon im Café gewesen sei? Ob Bonneval ihn und Pamela beim Geldzählen beobachtet haben könnte?

»Das weiß ich nicht«, antwortete sie. »Er hat sich eine Weile unsere Torten und das Schokoladengebäck angesehen, bevor er das Brot kaufte. Sah ziemlich verfroren aus, der Kerl.«

Fauquets Café hatte einen L-förmigen Grundriss. Die Theke im Eingangsbereich war von dem größeren Gastraum nur zur Hälfte einsehbar. Bruno stellte sich genau da hin, wo Bonneval gestanden hatte, und registrierte, dass er von der großen drehbaren Kuchenvitrine verdeckt wurde. Durch die Auslagen von Cremeschnitten und Fruchttörtchen konnte er in den Gastraum blicken, wo die Chorsänger gesessen und er die Sammelbüchse geöffnet hatte.

Zurück in seinem Büro rief er Hélène, die Bewährungshelferin, in Paris an. »Er ist hier. Es scheint, er hat Geld gestohlen.«

In der Leitung war ein Seufzen zu hören. »Das heißt, er wird sich wohl nicht überreden lassen, freiwillig zurückzukommen. Wir müssen ihn wieder ins Gefängnis stecken. Jammerschade.«

»Wieso jammerschade?«

»Er war auf einem guten Weg und hat sich helfen lassen. Ich dachte, wenn's einer schafft, dann er. Und jetzt, ausgerechnet kurz vor Weihnachten, verbockt er alles.«

»Was wissen Sie über seine Familie?«

»Seine Frau hat sich von ihm scheiden lassen, als er einsaß. Zu Besuch war sie nie. Ich habe einmal mit ihr gesprochen, und sie sagte, sie wolle nicht, dass ihr Junge seinen Vater hinter Gittern sieht. Traurig das Ganze, denn sie hat sich auch mit ihrer eigenen Familie überworfen. Deshalb wollte sie weg aus Paris.«

»Erzählen Sie mir mehr«, sagte Bruno. »Ich weiß nur von Drogenhandel und Schmuggel.«

»Ihre Familie stammt aus dem Libanon. Der Bruder war dick im Drogengeschäft, handelte in großem Stil mit libanesischem Haschisch. In einer konzertierten Aktion und mit verdeckten Ermittlern kamen Polizei und Zoll der Bande auf die Schliche. Jean-Pierre wurde geschnappt. Er weigerte sich, gegen seinen Schwager auszusagen. Hätte er es getan, wäre er wahrscheinlich gar nicht in den Knast gewandert.«

Bruno schwieg und dachte nach. Im Hintergrund waren bei Hélène Gelächter und heitere Musik zu hören. Es hörte sich an wie *Vive le Vent*.

»Steigt bei Ihnen gerade eine Weihnachtsfeier?«, fragte er.

»Ja, heute ist unser letzter Arbeitstag vor den Ferien. Den Posten hält dann nur noch eine Notbesetzung. Wir essen Kuchen und stoßen miteinander an. Dann gehe ich nach Hause, packe ein paar Sachen zusammen und fahre mit der Bahn nach Brive.«

»Könnten Sie ein gutes Wort für Bonneval einlegen, wenn ich ihn schnappe und an Sie ausliefere?«

»An mich? In Brive?« Sie klang alarmiert.

»Ich dachte an Paris, aber da er offenbar Vertrauen zu Ihnen hat, könnte ich es auch so einrichten, dass Sie ihn in Brive in Empfang nehmen.«

»Ja, wahrscheinlich bin ich die einzige Person, der er vertraut, abgesehen von seinem Sohn natürlich. Richard ist sein Ein und Alles. Seinetwegen wollte er mit seiner kriminellen Vergangenheit Schluss machen. Immer, wenn ich ihn sehe, spricht er von seinem Sohn.«

»Was sagt er?«

»Ach, er träumt von einer rosigen Zukunft, will ihm Schwimmen beibringen und Fußballspiele mit ihm besuchen. Und dann hat er sich in den Kopf gesetzt, mit Richard zu angeln wie früher sein Vater mit ihm. Er schwärmt noch davon, wie toll es war, mit seinem Vater am Ufer der Seine zu sitzen.«

Bruno versprach ihr, sie anzurufen, sobald sich etwas Neues ergeben sollte, beendete das Gespräch und fuhr mit dem Transporter zurück zum Haus von Witwe Madourin. Weil er darauf bauen konnte, dass sich Klatschgeschichten in der Stadt rasend schnell verbreiteten, erzählte er ihr, dass ihm Neuigkeiten von Miriams Familie in Paris zugetragen worden seien.

Miriam und ihr Sohn waren in einem kleinen Wohnzimmer, wo in einer Ecke ein Spülbecken und eine Kochplatte untergebracht waren. Sie saßen auf einem Sofa und lösten Sudoku-Rätsel. Richard hielt den Bleistift. Durch die geöffnete Tür zum Schlafzimmer blickte Bruno auf zwei Einzelbetten. Über einem kleinen, ausgeschalteten Fernseher hing ein Kruzifix an der Wand. Ein kleiner Weihnachtsbaum war mit Lametta und Schokoladenmünzen in Goldfolie geschmückt. Der Plexiglasstern auf der Spitze stand bedenklich schief.

»Tut mir leid, wenn ich störe, aber ich muss wissen, ob Sie Jean-Pierre gesehen oder in den letzten Tagen etwas von ihm gehört haben«, sagte er. »Er hat seine Unterkunft verlassen und ist nicht mehr an seinem Arbeitsplatz erschienen. Ich bin mir ziemlich sicher, dass er hierherkommt.«

Er hatte seine Worte so gewählt, dass dem Jungen, der zur Begrüßung aufgesprungen war, die wahren Hintergründe erspart blieben.

Miriam zog Richard auf ihre Seite. Jetzt, da die

beiden nebeneinanderstanden, bemerkte Bruno, dass der Junge die großen, dunklen Augen und den vollen Mund seiner Mutter hatte, ebenso das südländische Aussehen.

»Wir haben gerade Tee getrunken«, sagte sie. »Darf ich Ihnen auch eine Tasse anbieten?«

Bruno lehnte dankend ab, nahm aber auf einem der beiden Stühle an dem kleinen Tisch Platz und sagte: »Würden Sie sich lieber allein mit mir unterhalten?«

Sie schüttelte den Kopf und zog den Jungen noch enger an sich heran. »Nein, ich habe Jean-Pierre nicht gesehen. Aber in der Zahnarztpraxis, wo ich arbeite, kam gestern ein seltsamer Anruf. Jemand wollte mit mir sprechen. Als ich zum Hörer griff und ›Hallo‹ sagte, hörte ich nur jemanden atmen. Ich bin mir sicher, dass er es war. Als ich dann meine frühere Arbeitsstelle anrief, sagte man mir, er sei dort gewesen. Meine ehemaligen Kollegen hatten sich darauf verständigt, ihm keine Auskunft zu geben, aber meine Nachfolgerin wusste nichts davon.« Sie stockte und sagte dann ein bisschen wehmütig: »Er findet bei Frauen immer den richtigen Ton.«

»Er ist hier in der Stadt und hat sich noch mehr Schwierigkeiten eingehandelt«, erklärte Bruno. »Ich habe mit seiner Bewährungshelferin gesprochen. Wir wollen die Sache kleinhalten und darauf hinwirken, dass er aus freien Stücken nach Paris zurückkehrt. Kann ich mit Ihrer Hilfe rechnen?«

»Es ist aus zwischen uns.«

Bruno runzelte die Stirn und schaute den Jungen an. Richard begegnete seinem Blick mit ruhiger Miene und sagte: »Es geht um Papa. Ist er gekommen, um uns zu sehen?«

»Deine Mutter wird dir erklären, worum es geht«, antwortete Bruno. »Und vergiss nicht, wir sehen uns morgen früh um neun im Stadion. Zum letzten Training vor Weihnachten.«

Er gab Miriam eine seiner Visitenkarten, notierte ihre Handynummer und bat sie, sich zu melden, falls Jean-Pierre Kontakt aufzunehmen versuchte oder sie ihn sähe. Als er sich auf den Weg zu Pamela machte, um wie an jedem Abend mit ihr die Pferde auszureiten, fragte er sich, wo Bonneval in der kommenden Nacht wohl schlafen würde. Er hatte jetzt genug Geld für eine Unterkunft, doch würde Sergeant Jules inzwischen alle Anbieter von Fremdenzimmern vor ihm gewarnt haben. In der näheren Umgebung gab es allerdings jede Menge Scheunen, und in den meisten lagerte Stroh. Wärmer hätte er es in einem Viehstall, wo er jedoch riskieren würde, entdeckt zu werden. Aber als Stadtmensch waren für ihn Ställe oder Scheunen wahrscheinlich nicht die erste Wahl. Und von den versteckten Jägerhütten mit ihren alten Kanonenöfchen und Holzvorräten würde er bestimmt nichts wissen. Bruno beschloss, nach dem Abendessen in den Bars und im Café nachzusehen.

Als er bei Pamela ankam, mühte sie sich gerade mit einem schweren Gegenstand ab, der aussah wie eine in Nessel gewickelte Kanonenkugel. Es war, wie er wusste, Pamelas berühmter Plumpudding. Er half ihr, ihn aus dem Wasserbad zu heben und am Deckenbalken über der Küchenspüle aufzuhängen. Den Teig, eine dicke, fast schwarze Masse, hatten sie in einer Gemeinschaftsaktion zusammen mit Fabiola, Florence und deren Zwillingen sowie Brunos Freund, dem Baron, schon vor einem Monat angerührt. Mit dem Löffel immer schön von Ost nach West, hatte Pamela verlangt, denn das war die Richtung, aus der die drei Könige aus dem Morgenland nach Bethlehem gezogen waren. Außerdem bestand der Teig aus dreizehn Zutaten, stellvertretend für die zwölf Apostel und Jesus. Auf Brunos Frage, welche Zutat für Judas stünde, hatte ihm Pamela mit dem Holzlöffel gedroht und gesagt: »Das Salz natürlich.«

Zum *réveillon*, dem Festessen am Heiligabend, wollte Bruno eine Gans beisteuern. Der Baron sollte für den Wein sorgen, Fabiola hatte Austern versprochen, und Florence wollte mit ihren Kindern Papierkronen basteln, die jeder am Tisch aufsetzen würde.

»Hätten wir vielleicht noch Platz für zwei weitere Gäste?«, fragte Bruno. »Ich dachte, Miriam und ihr Junge würden sich freuen, mit uns zu feiern.«

»Gute Idee. Ich habe sie gern, und weil Weihnachten ist ...«

Auf dem Weg zum Stall, wo Fabiola bereits ihre Stute Bess sattelte, rief Bruno bei Miriam an und strahlte übers ganze Gesicht, als sie sagte, herzlich gern kommen zu wollen. Was sie denn mitbringen könne? Einen Fruchtsaft vielleicht oder Limonade, antwortete er. Was immer Richard gern trank.

Als sie zu dritt mit den Pferden aufbrachen, musste Bruno unwillkürlich schmunzeln, weil er fand, dass sie wie Flüchtlinge aussahen oder wie ein versprengtes Grüppchen aus Napoleons Armee auf dem Rückzug 1812 aus Moskau. Pamela hatte eine braune, wollene Kapuzenmütze über ihre Reitkappe gezogen. Und Fabiola trug einen dicken, um Kopf und Ohren gewickelten Schal. Obwohl beide Frauen schlank waren, machten sie nun in ihren Pullovern und Jacken einen geradezu unförmigen Eindruck und wirkten fast gespenstisch, so umweht vom Dampf aus den Nüstern der Pferde. Die Felder waren fest gefroren und weiß von Rauhreif und knirschten unter den Hufen.

»In Schottland heißt es bei solchem Wetter, dass es für Schneefälle zu kalt ist«, sagte Pamela und ließ

Victoria in einen leichten Galopp überwechseln. Die beiden anderen Pferde hielten Schritt, froh darüber, laufen zu dürfen. Es ging auf vertrautem Pfad am Felsrand entlang, hoch über dem Tal und der großen Biegung des Flusses, in der sich Saint-Denis an den Hang schmiegte. Um den Ausblick zu genießen, hielten sie kurz an. Der Reif und die vom Wasser aufsteigenden Nebel sorgten für eine ganz eigene Stimmung.

»Wie völlig verändert Saint-Denis aussieht!«, sagte Pamela. »Märchenhaft, aber wie in den düsteren Geschichten der Brüder Grimm. Tiefe, bedrohliche Wälder und unheimliche Hexen...«

Bruno erklärte sich ihre eigentümliche Assoziation damit, dass sie erst wenige Stunden zuvor beraubt worden war. Was er sah, war sein altes Saint-Denis im Kleid eines strengen Winters. Hector, sein Pferd, warf den Kopf ungeduldig hin und her, bis es wieder weiterging, diesmal unter der Führung von Fabiola. Im Galopp folgten sie weiter der Felskante und bogen dann in die Brandschutzschneise ein, die durch den Wald geschlagen worden war.

»Herrlich«, sagte Pamela, als sie im Stall die Pferde trockenrieben und frisches Stroh in den Boxen verteilten. »Bleibst du zum Abendessen? Fabiola macht Spaghetti, und ich habe ein Hähnchen im Backofen.«

»Ich muss mich zuerst um Gigi und meine eigenen Hühner kümmern, aber dann komme ich gern. Mit einer Flasche Wein«, sagte Bruno.

»Gut, damit hätte ich noch Zeit für ein heißes Bad. Und bring doch den Hund mit.« Ihr hintergründiges Lächeln gab ihm zu verstehen, dass er eingeladen war, über Nacht zu bleiben.

Nach dem gemeinsamen Essen machte er einen kurzen Abstecher in die beiden Bars der Stadt und warf auch einen Blick in die Kirche und in solche Hauseingänge, die Schutz vor der Kälte boten. Bonneval aber war nirgends zu sehen. Bruno machte sich Sorgen. Am klaren Himmel funkelten die Sterne. Mit Blick nach oben entdeckte er die bekannten Sternbilder – Orion und den Großen Wagen – und dachte daran, dass er sich irgendwann einmal ein Teleskop anschaffen sollte. Aber den Himmel würde er dann in einer freundlicheren Jahreszeit studieren. In einer eiskalten Nacht wie dieser konnte man sich den Tod holen. Bruno freute sich, zu Pamela zurückkehren zu können, die in ihrem warmen Bett auf ihn wartete.

Am nächsten Morgen waren dicke Schneewolken aufgezogen. An die zwei Dutzend Kinder trotzten dem Wetter und liefen sich in ihren Trainingsanzügen auf dem hartgefrorenen Rund des Stadions warm. Darunter auch Richard, wie Bruno bemerkte. Miriam war offenbar in die Praxis zur Arbeit gegangen, denn sie war nicht unter den wenigen ungewöhnlich engagierten Eltern, die auf der Tribüne standen und zusahen. Bruno begrüßte sie und holte Pappbecher und zwei große Thermosflaschen aus seinem Transporter. Eine enthielt heißen Kakao für die Jungen und Mädchen, die andere hatte er mit Glühwein gefüllt, nach eigenem Rezept zusammengebraut aus Rotwein, einer halben Flasche selbstgemachtem *vin de noix*, je einem Glas Orangensaft und Brandy sowie zwei Stangen Zimt und einem Dutzend Gewürznelken. Brunos Glühwein war sehr begehrt in Saint-Denis, und entsprechend dankbar nahmen die Eltern sein Mitbringsel in Empfang.

In der Hoffnung, dass sie ihm noch etwas davon übrig ließen, trabte Bruno mit zwei Rugbybällen unter den Armen auf das Spielfeld. Weil es so kalt war, wollte er die Kinder in Bewegung halten. Er ließ sie zwischen den Torstangen antreten und schickte sie im Laufschritt über das Feld, wobei sie die Bälle von einem zum anderen weiterreichen sollten. Wer ihn fallen ließ, musste einmal ums Karree laufen, ehe er oder sie sich wieder der Reihe anschließen durfte. Zu denen, die in die Strafrunde mussten, zählte am Ende auch Richard, der seine kalten Hände unter den Achseln zu wärmen versuchte.

Schon nach wenigen Minuten fingen die Kinder zu schwitzen an. Manche zogen sogar ihre Trainingsjacken aus. Bruno ließ sie nun in drei Reihen und in größerem Abstand zueinander Aufstellung nehmen. Umso präziser mussten nun die Pässe geworfen werden. Es folgte eine Übung, bei der sie in einer Reihe hintereinander laufen und die Bälle zurückpassen mussten. Zur Abwechslung bildeten sie, den Oberkörper vorgebeugt, zwei sogenannte *scrums* und versuchten, die jeweils andere Gruppe zurückzudrängen. Das Training endete mit Intervallsprints – zwanzig Meter so schnell wie möglich, und zwanzig Meter in lockerem Trab – über das ganze Feld und wieder zurück. Danach ging es unter die Dusche, die Mädchen in der Gästekabine und Bruno in der Kabine, die den Schiedsrichtern vorbehalten war.

Erfrischt und angenehm erschöpft von der sportlichen Betätigung, gesellte sich Bruno zu den Eltern und trank einen Becher seines Glühweins. Die Kinder ließen sich den Kakao schmecken und wünschten ihm frohe Weihnachten. Alles wimmelte aufgeregt durcheinander, als Katrine, die Spielführerin der Mädchenmannschaft, vortrat und ihm ein kleines, hübsch in Weihnachtspapier eingeschlagenes Päckchen überreichte.

»Wo ist eigentlich Richard?«, fragte sie, und plötzlich spürte Bruno, wie sich ihm die Nackenhaare aufstellten. Er hatte auf den Jungen nicht mehr geachtet. »Er sollte Ihnen die Karte überreichen, die wir alle unterschrieben haben.«

In Gedanken an den verschwundenen Jungen öffnete Bruno das Geschenk und war völlig überrascht. Es war ein teures Aftershave von Hermès, das man in Saint-Denis nicht kaufen konnte. Er gab allen Kindern einen Kuss auf beide Wangen und bat dann Laurent, den Kapitän der Jungenmannschaft, nachzusehen, ob Richard noch in der Dusche war. Bruno warf einen Blick auf seine Uhr. Miriam würde jeden Moment kommen, um ihren Sohn abzuholen. Laurent kehrte mit der Nachricht zurück, Richard sei nirgends zu finden. Auch die anderen Jungen konnten sich nicht erinnern, ihn unter der Dusche gesehen zu haben.

Auf die Schnelle stellte Bruno drei Suchtrupps zusammen. Der eine sollte sich noch einmal die Duschräume und Umkleidekabinen vornehmen, der andere Tribüne und die Lagerräume darunter und der dritte die Grünanlagen rings um das Stadion. Eltern, die mit dem Wagen gekommen waren, schickte er auf Patrouille durch die Straßen im näheren Umfeld. Er selbst rief Sergeant Jules in der Gendarmerie an. Nein, es seien keine Autos gestohlen gemeldet worden. Jules versprach, umgehend

Posten an den drei Straßen aufzustellen, die aus Saint-Denis herausführten. Nach dem kurzen Gespräch mit Jules meldete sich Bruno bei Marie im Hôtel de la Gare und bat sie, ihm Bescheid zu geben, sobald ein fremder Mann in Begleitung eines Jungen im Bahnhof auftauche.

Richard war immer noch verschwunden, als Miriam auf ihrem Fahrrad herbeigeradelt kam. Voller Gewissensbisse, nicht besser auf den Jungen achtgegeben zu haben, führte Bruno sie ein paar Schritte zur Seite und äußerte ihr gegenüber die Vermutung, dass Richard wahrscheinlich mit seinem Vater zusammen sei. Sie solle nach Hause gehen und dort auf ihren Jungen warten.

Miriam nahm die Nachricht erstaunlich gefasst auf, schüttelte aber den Kopf und war mit seinem Vorschlag offenbar nicht einverstanden. »Ich werde Madam Madourin anrufen und sie bitten, mir Bescheid zu geben, wenn Richard nach Hause kommt. Ich werde in der Stadt nach ihm suchen.« Sie schaute Bruno mit ernster Miene an und schien noch etwas sagen zu wollen. Er machte sich schon auf eine Strafpredigt gefasst, doch sie presste nur die Lippen aufeinander und radelte davon. Die erwarteten Vorwürfe machte Bruno sich selbst.

Während er die Thermosflaschen einpackte, überlegte Bruno fieberhaft. Er sperrte Kabinen und Stadiontor zu und fuhr zum Campingplatz von Antoine, der im Winter geschlossen war. Die Kanus, die er an Touristen vermietete, lagen, mit Planen abgedeckt, ordentlich aufgereiht auf ihren Gestellen. Antoine hockte in seinem Häuschen vor einem Glas Ricard und mit einer Gitane zwischen den Lippen. Das alte Öfchen in der Ecke strahlte so viel Wärme ab, dass die Fensterscheiben beschlagen waren. Antoine hatte ein Rechnungsbuch vor sich aufgeschlagen und schien darüber nachzugrübeln, wie er in diesem Jahr das Finanzamt austricksen konnte, als Bruno eintrat und erklärte, weshalb er gekommen war und was er nun vorhatte.

»Bei der Kälte?«, maulte Antoine. Doch er fackelte nicht lange, zog einen alten Armeemantel über und kuppelte seinen Anhänger an Brunos Kleinbus. Gemeinsam luden sie ein Kanu, Paddel und eine Holzbohle auf und machten sich auf den Weg zur Eisenbahnbrücke. Weiter würden Bonneval und sein Sohn bestimmt noch nicht gekommen sein.

An einem Seil ließ Antoine das Kanu über die vereiste Uferböschung gleiten. Bruno legte die Holzbohle aufs Eis, das sich am Wasserrand gebildet hatte und bedrohlich knirschte, als Antoine darüber hinweg ins schwankende Kanu stieg. Bruno folgte, trockenen Fußes zwar, dabei spürte er aber schon am ganzen Körper die beißende Kälte.

Vom Paddeln wurde ihm ein wenig wärmer, doch die Beine und der Unterleib, vom eisigen Wasser nur durch den dünnen Bootsboden getrennt, zitterten vor Kälte. An Stellen, wo das Wasser langsam floss, hatte sich Eis gebildet, das unter den Paddelschlägen zersplitterte. Erste Schneeflocken trudelten herab. Antoine zog seinen Mantel aus und stopfte ihn unter sich, um dann auf Knien weiterzupaddeln.

»Hast du nie einen Western gesehen?«, rief er über die Schulter. »So machen's die Indianer, damit die Beine nicht abfrieren.«

Bruno streifte seine Schwimmweste ab und machte es ihm nach. Zwar schmerzten bald Oberschenkel und Knie, aber tatsächlich war ihm nun weniger kalt. Er staunte darüber, dass sich die Enten zu vergnügen schienen. Ihr Schnattern klang fast wie Gelächter, als sie über das Eis am Ufer herbeigewatschelt kamen, um ihnen im Fahrwasser zu folgen, das manche von ihnen als Startbahn nutzten, aufflatterten und im hohen Bogen über ihre Köpfe hinwegsegelten.

Bruno riss sich vom Anblick der Vögel los und suchte die leeren Uferbänke ab. Nirgends waren Angler zu sehen, keine Lebenszeichen, abgesehen von leise platschenden Lauten, wenn ein Otter in der eisfreien Strömung abtauchte. Die Felder und Hügel zu beiden Seiten des Flusses leuchteten so weiß wie frische Wäsche, und auf dem Bug des Kanus begann sich eine geschlossene Schneedecke zu bilden. Blassgrauer Himmel, weiße Felder und Eis. Das rote Kanu war der einzige Farbfleck in dieser Winterlandschaft.

»Sind es vielleicht die da hinten?«, fragte Antoine, als sie die Flussbiegung erreichten, die auf Saint-Denis zuführte.

Bruno blinzelte gegen das fahle Licht und entdeckte eine stämmige Gestalt unter der Stadtbrücke. Es dauerte eine Weile, bis er Bonneval erkannte, der auf einer Holzkiste saß und eine Angelrute übers Wasser hielt. Er hatte seine Arme um den Sohn geschlungen, der auf seinem Schoß hockte und die schwarze Kapuzenjacke seines Vaters trug. Antoine steuerte auf die beiden zu, während Bruno Sergeant Jules anrief und ihm sagte, er könne die anderen Gendarmen abziehen. Der Junge sei gefunden.

»Ich bin im Transporter unterwegs und könnte gleich zur Stelle sein«, erwiderte Jules. »Ich werde dann oben vor den Stufen parken.«

»Leg dich ins Zeug«, sagte Antoine. »Wir müssen das Eis da vorn durchbrechen.«

Mit dem Paddel hackte er die Kruste auf, damit das Kanu anlanden konnte. Er sprang auf die steinerne Rampe, zog das Kanu hinter sich her und half Bruno beim Aussteigen.

»Sie verscheuchen die Fische«, rief der Junge.

»Ich weiß. Tut mir leid«, antwortete Bruno. »Was gefangen?«

»Nur einen kleinen. Papa meinte, wir sollten ihn wieder ins Wasser zurückwerfen.« Richard sprang auf und eilte Bruno und Antoine entgegen, um ihnen die Hand zu schütteln. »Papa, das ist Monsieur Bruno, mein Rugbytrainer.«

Bonneval blickte auf. Seine unrasierten, stoppeligen Wangen waren vor Kälte blau angelaufen.

»Okay, ich bin bereit«, sagte er. »Werden Sie mich jetzt zurückschicken?«

»Wir sollten uns erst einmal aufwärmen«, antwortete Bruno. »Und miteinander reden.«

Zu dritt trugen sie das Kanu die Stufen hinauf, wo sie es am Rand der Brücke deponierten. Richard folgte mit der neuen Angelrute. Sergeant Jules fuhr sie zurück zu Brunos Transporter. Unterwegs rief Bruno Miriam an, um ihr zu sagen, dass ihr Junge wohlauf sei und vor der Mairie abgeholt werden könne. Als sie den Platz vor dem Rathaus erreichten, stand Miriam schon wartend da. Sie ließ ihr Fahrrad fallen und lief los, um Richard in die Arme zu nehmen.

»Sieh mal, was ich von Papa habe«, rief er und hielt die Angelrute in die Höhe.

»Gib ihm seine Jacke zurück«, sagte Bruno.

»Und keine Angst, du wirst ihn später wiedersehen.«

Sie packten das Fahrrad in Jules' Transporter und fuhren Miriam und ihren Sohn nach Hause. Bonneval half dabei, das Kanu auf den Anhänger zu hieven. Auf dem Campingplatz angekommen, lösten sie den Hänger und hoben das Boot zurück in sein Gestell. Bruno dankte Antoine und machte sich mit Bonneval, der seine Finger an der Heizungsluft über dem Armaturenbrett zu wärmen versuchte, auf den Rückweg.

»Wie geht's weiter?«, fragte Bonneval.

»Sie werden jetzt erst einmal heiß und ausgiebig duschen und frische Sachen anziehen. Anschließend rufen wir Ihre Bewährungshelferin an. Dann sehen wir weiter. Aber verraten Sie mir mal, wo Sie die letzte Nacht verbracht haben?«

»Hinter dem Supermarkt. Da gibt's ein Kühlaggregat, das warme Luft verströmt.«

»Tatsächlich?« Bruno war beeindruckt. Daran hatte er gar nicht gedacht.

»Wenig zwar, aber es hat gereicht.« Nach einer kurzen Pause erklärte er: »Ich habe in Paris als Kältetechniker gearbeitet und solche Anlagen installiert.« Unvermittelt griff er in die Jackentasche und zog die Rotkreuzsammelbüchse daraus hervor.

»Ich schulde Ihnen fünfunddreißig Euro für Rute

und Köder«, sagte er, stellte die Büchse aufs Armaturenbrett und schob die Quittung darunter.

Als sie Brunos Haus erreichten, beobachtete er neugierig, wie Gigi den Fremden begrüßte. Bonneval ging in die Hocke, ließ seine Hand beschnuppern und spielte mit Gigis Schlappohren, als sich der Hund auf Bonnevals Knien aufrichtete und die Schnauze unter sein Kinn stupste. Bruno sah ihn zum ersten Mal lächeln und schloss sich dem Urteil seines Hundes an, der ein untrügliches Gespür für den Charakter eines Menschen hatte.

Er holte ein Handtuch und ein paar Sachen zum Wechseln, die Bonneval passen könnten, aus dem Schrank, zeigte ihm das Badezimmer und gab ihm eine Einwegklinge zum Rasieren. Dann setzte er den Wasserkessel auf und machte Feuer im Kamin. Weil Kaffee zum Aufwärmen allein womöglich nicht ausreichen würde, holte er die Thermosflaschen aus dem Transporter und wärmte den übrig gebliebenen Glühwein auf. Danach deckte er den kleinen Tisch vorm Kamin und bereitete aus Eiern, Käse und Speckwürfelchen ein Omelett vor. Schließlich rief er Hélène über sein Handy an.

»Er ist jetzt bei mir und wird etwas essen, sobald er geduscht hat.«

»Ist er bereit, mit mir nach Paris zurückzukehren?«, fragte sie. »Ich habe schon mit meinem Vorgesetzten gesprochen. Er meint, es könnte in Ordnung gehen, wenn ich mitziehe.«

»Werden Sie das?«

»Ja, aber nur, wenn Sie einverstanden sind. Ich weiß nicht, wie er drauf ist.«

»Ganz gut, glaube ich. Er wollte einfach nur seinen Jungen sehen. Wenn er gegessen hat und gesprächsbereit ist, werde ich Sie wieder anrufen.«

Nachdem sich Bonneval, frisch geduscht und rasiert, das Omelett, ein halbes Baguette und zwei Gläser Glühwein hatte schmecken lassen, rückte er mit Gigi auf seinem Stuhl näher ans Feuer heran. Schnell hatte er die Stelle an Gigis Brustkorb gefunden, an der er sich besonders gern kitzeln ließ. Bruno wählte wieder Hélènes Nummer, reichte Bonneval sein Handy und räumte das Geschirr weg.

»Sie will noch einmal mit Ihnen sprechen«, sagte Bonneval, als Bruno aus der Küche zurückkehrte.

»Am zweiten Weihnachtstag wird er mit mir zurückfahren«, berichtete sie. »Würden Sie bis dahin auf ihn aufpassen? Ich hole ihn mit dem Wagen meiner Mutter ab, und wir könnten dann den Mittagszug von Brive nehmen.«

Sie verabredeten sich noch für ein Treffen in Fauquets Café um zehn und beendeten das Gespräch. Bruno verzog sich daraufhin in die Küche, machte die Tür zu und rief Miriam an, um sie von seinen

Plänen zu unterrichten. Als sie zögerte, sagte er: »Aber es ist doch Weihnachten, Miriam.«

Nach dem Anruf ließ er Bonneval in die Küche kommen und sagte: »An die Arbeit.« Auf der Anrichte lag eine sechs Kilo schwere Gans. Ein mit Wermut gefüllter Topf dampfte auf dem Herd. Bruno wärmte den Backofen auf zweihundertzwanzig Grad vor.

»Sie bereiten die Füllung vor«, sagte Bruno und deutete auf eine Schale, in der große schwarze *prunes d'Agen* wässerten. »Die Pflaumen müssen ungefähr zehn Minuten in Wermut köcheln. Wenn sie weich sind, schneiden Sie sie vorsichtig auf, nehmen den Kern heraus und füllen sie mit einem Teelöffel *foie gras*.«

Er gab Bonneval ein kleines Messer und sagte: »Sie sind auch eingeladen. Heute Abend machen meine Freunde und ich ein großes Weihnachtsessen.«

»Und was dann? Werde ich die Nacht im Gefängnis verbringen?«

»Können Sie fahren?«

Bonneval nickte. »Natürlich.«

»Dann sind Sie hiermit zum Chauffeur ernannt. Das heißt, ich darf trinken und Sie dürfen's nicht. Ich habe ein Gästezimmer. Darin werden Sie schlafen. Morgen früh gehen wir in die Kirche. Ich werde den Weihnachtsmann geben, und Sie sind mein ruppiger Gefährte *Père Fouettard*. Keine Sorge, die Kinder wissen, dass es nur ein Spiel ist. Sie müssen nur so tun, als wollten Sie ihnen Angst einjagen. Das macht mehr Spaß als nur der Auftritt des Weihnachtsmanns. Bösewichter sind halt viel aufregender.«

Während Bonneval die Pflaumen umrührte, erklärte ihm Bruno den Ablauf der Vorstellung. Er selbst hackte Schalotten und Knoblauch klein und drehte Gänseleber durch den Fleischwolf. Als er damit fertig war, briet er sie zusammen mit den Schalotten an, gab die Masse in eine Schüssel und schüttete ein großes Glas *vin de noix* in die Pfanne, um den Bratensatz zu lösen. Unter die Leber mengte er Brotkrumen, würzte mit Thymian, Salz und Pfeffer und rührte den reduzierten Fond sowie ein paar Stücke Gänseleberpastete unter.

An zwei Pflaumen zeigte er Bonneval, wie sie zu füllen waren, und überließ ihm die restliche Arbeit. Er rieb die Gans von innen mit Salz ein, schnitt an mehreren Stellen die Haut auf und steckte dünne Scheiben *foie gras* darunter. Danach ließ er Bonneval allein, um die Hühner zu füttern.

»Was passiert nach dem Gottesdienst?«, wollte Bonneval wissen, als Bruno zurückkehrte und angenehm überrascht war zu sehen, dass Bonneval nicht nur alle Pflaumen gefüllt, sondern auch die Schüsseln gespült und das Spülbecken sauber gemacht hatte. Bruno stopfte die Pflaumen in die Gans, nähte den Bauch zu und schnürte dann mit einem Faden Keulen, Flügel und Hals fest an den Körper.

»Nach der Kirche gibt's ein leichtes Mittagessen im Haus des Priesters. Anschließend, würde ich vorschlagen, machen wir mit dem Hund einen Spaziergang im Schnee. Sie schlafen noch eine Nacht hier. Übermorgen treffen wir uns mit Hélène im Café, wo Sie mich beim Geldzählen beobachtet haben. Sie fährt dann mit Ihnen nach Brive und von dort aus weiter nach Paris. Wenn Sie sich am Riemen reißen und keinen Unsinn machen, sind Sie bald wieder ein freier Mann.«

»Mein Boss wird mich nicht zurückhaben wollen. Er müsste mir den geschuldeten Lohn zahlen.«

»Verlassen Sie sich auf Hélène, sie kümmert sich darum.« Bruno schob die Gans in den Backofen. »Sie muss jetzt außen schön braun werden. Nach einer Viertelstunde drehe ich die Temperatur zurück und lasse sie langsam garen. Wenn wir vom Spaziergang zurückkommen, fahren wir mit dem Braten zu meiner Freundin und lassen es uns schmecken. Sie heißt Pamela. Es ist die Frau, der Sie vor der Bank das Geld geklaut haben.«

»O Gott!«, stöhnte Bonneval und schlug die Hände vors Gesicht.

»Sie haben gute Arbeit geleistet. Richard wird sich über die Pflaumen freuen«, sagte Bruno. »Wissen Sie, ob er Austern mag?«

»Austern? Richard? Ich bezweifle, dass er je welche zu Gesicht bekommen hat.«

»Wir werden sehen. Miriam und Ihr Sohn sind nämlich auch zum Essen eingeladen. Übrigens wird er morgen in der Kirche sein und Sie als *Père Fouettard* erleben. Sie wissen jetzt, glaube ich, was während der nächsten drei Monate für Sie auf dem Spiel steht. Miriam weiß, dass Sie da sein werden, und ist damit einverstanden.«

Bruno hatte inzwischen das Geschirr weggeräumt. Als er sich umdrehte, sah er Bonneval vor der Spüle stehen. Er klammerte sich mit beiden Händen an den Beckenrand und schaute durchs Fenster zum grauen Himmel auf, aus dem dicke Flocken herabrieselten. Tränen rannen ihm über die Wangen.

»Die Gans wird in drei Stunden fertig sein«, sagte Bruno wie zu sich selbst. »Wissen Sie, wie man feststellt, ob sie gar ist? Wenn man an den Schenkeln zieht, sollten sie leicht aus den Gelenken springen. Dann schneiden Sie das Fleisch ein. Tritt ein klarer, hellgelber Saft aus, ist es gut.«

»Warum tun Sie das alles für mich?«, flüsterte Bonneval, ohne sich umzudrehen.

»Ich habe ein paar Stücke teure Seife, die sich als

Gastgeschenk eignen. Papier zum Einpacken wäre auch da«, entgegnete Bruno. »Vielleicht packen Sie zwei Stück ein, eins für Pamela, das andere für Miriam. Ihrem Sohn haben Sie ja schon eine Angel geschenkt. Er ist ein netter Bursche.«

»Warum?«, wiederholte Bonneval. Er drehte sich um und schaute Bruno ins Gesicht.

»Ein Junge braucht seinen Vater«, antwortete Bruno. »Ich war Waisenkind und hatte keinen. Und außerdem ist Weihnachten.«

Donna Leon

Commissario Brunettis Weihnachten

Und dann war Weihnachten. Da die meisten Leute sich wie üblich Heiligabend und auch noch den Tag nach Santo Stefano freinahmen, kam diesmal ein verlängertes Wochenende von fünf Tagen zustande, an denen nicht nur in der Questura, sondern fast überall im Land nichts Nennenswertes passierte. Außer in den Geschäften, die ihre Öffnungszeiten sogar verlängerten, um die Kundschaft am Jahresende noch zu jenem Kaufrausch zu animieren, mit dessen Hilfe die Statistiker nachher die Bilanzen schönten.

Brunetti absolvierte das volle Programm: die Geschenkejagd in letzter Minute, die wechselseitigen Besuche und Umtrunke, das endlose Tafeln, Bescherungen, noch mehr Getafel. Er speiste mit Paolas Familie, und als er seinen Schwiegervater einmal kurz unter vier Augen zu sprechen bekam, sagte ihm der Conte, er habe gewisse Freunde gebeten, ihn einzuweihen, falls ihnen etwas über die Ermordung des Afrikaners in Venedig zu Ohren käme oder sich vielleicht gar eine Verbindung zwischen seinem Tod und einem geplanten Waffengeschäft abzeichnen sollte. Alles, was Brunetti nach den fünf festlichen Tagen vorzuweisen hatte, waren ein neuer grüner Pullover von Paola, die lebenslange Mitgliedschaft in einer Gesellschaft zum Schutz der Dachse von Chiara, von Raffi eine zweisprachige Ausgabe der Plinius-Briefe und die Überzeugung, dass er sich wohler fühlen würde, wenn er sich vom Schuster ein weiteres Loch in den Gürtel stanzen ließe.

Als er wieder in die Questura kam, war die Stimmung gedrückt, so als litten alle unter den Nachwirkungen der ausgedehnten Völlerei. Nachdem anscheinend versäumt worden war, während der Feiertage die Heizung herunterzudrehen, konnte man nun buchstäblich fühlen, wie die überschüssige Wärme sich in den Räumen staute. Da der erste Arbeitstag sonnig und für die Jahreszeit zu warm war, half es wenig, die Fenster zu öffnen: Die Hitze strahlte von den Wänden ab, und die Beamten mussten wohl oder übel in Hemdsärmeln am Schreibtisch sitzen.

Urlaubsheimkehrer erstatteten die üblichen Einbruchs- und Diebstahlsanzeigen und hielten die Streifen auf Trab. Bald schon zeigte sich, dass man es mit zwei Banden zu tun hatte: die einen Profis, die bloß auf das Allerteuerste aus waren, und die anderen Drogensüchtige, die nur mitnahmen, was sich schnell zu Geld machen ließ. Die Reichen fielen hauptsächlich der ersten Bande zum Opfer, die weniger gut Betuchten der zweiten. Immerhin heiterten zwei skurrile Protokolle Brunetti etwas auf: Die Profis hatten eine alternde Filmdiva von der Giudecca, bei der sie eingebrochen waren, brüskiert, indem sie ihren Strassschmuck verschmähten und wieder abzogen, ohne irgendetwas mitgehen zu lassen. Die Junkies wiederum waren ahnungslos an einem Klimt und einem de Chirico vorbeigelaufen, als sie einen fünf Jahre alten Laptop und einen tragbaren CD-Spieler aus einer Wohnung entwendeten.

Da bald Neujahr und mithin Zeit für gute Vorsätze war, begab sich Brunetti nach dem Mittagessen hinunter ins Büro des Vice-Questore. Signorina Elettra war nicht im Vorzimmer, und so klopfte er selbst an Pattas Tür.

»Avanti«, ertönte es von drinnen, und Brunetti trat ein.

»Ah, Brunetti«, begrüßte ihn Patta. »Ich hoffe, Sie hatten ein schönes Weihnachtsfest – und alles Gute zum neuen Jahr.«

Brunetti hätte es fast den Atem verschlagen. »Vielen Dank, das wünsche ich Ihnen auch, Vice-Questore.«

»Ja, hoffen wir das Beste.« Patta lehnte sich in

seinem Sessel zurück und wies einladend auf einen der Besucherstühle. Brunetti warf, während er Platz nahm, einen Blick auf seinen Vorgesetzten und sah erstaunt, dass Patta diesmal ohne die gewohnte Urlaubsbräune ins Büro zurückgekehrt war. Auch das sonst übliche Bäuchlein fehlte; ja, Pattas Hemdkragen schien fast ein bisschen zu weit, es sei denn, er hätte die Krawatte nicht fest genug gebunden.

»Hatten Sie einen angenehmen Urlaub?«, fragte Brunetti, in der Hoffnung, Patta zum Reden zu bringen und etwas mehr über seine Gemütslage zu erfahren.

»Nein, wir sind dieses Jahr nicht verreist«, sagte Patta. Doch als müsse man eine solche Konsumverweigerung begründen, fügte er hastig hinzu: »Die Jungs waren beide zu Hause, da wollten wir das Zusammensein mit ihnen genießen.«

»Verstehe.« Brunetti, der Pattas Söhne kennengelernt hatte, hielt deren Gesellschaft für ein eher fragwürdiges Vergnügen. Trotzdem sagte er: »Das war bestimmt eine besondere Weihnachtsfreude für Ihre Frau.«

»Doch, doch.« Patta nestelte an einem seiner Manschettenknöpfe. »Aber was führt Sie zu mir, Brunetti?«

»Ja, also ich wollte mich erkundigen, ob wir vor Jahresende noch die schon länger anhängigen Fälle abschließen sollen.« Ein kläglichesTäuschungsmanöver und leicht zu durchschauen, doch Brunetti war so ermattet von der Hitze, dass ihm nichts Besseres einfiel.

Patta musterte ihn eingehend, bevor er antwortete. »Dieses buchhalterische Denken sieht Ihnen gar nicht ähnlich, Brunetti. Es gibt eben Fälle, die die Jahreswende überschreiten.«

Beinahe hätte Brunetti erwidert, dass man bei den meisten Kriminalfällen sogar einen viel längeren Überhang hätte, aber er bezwang sich gerade noch. »Ich würde es trotzdem begrüßen, wenn wir den einen oder anderen ungeklärten Fall noch lösen könnten.«

Nachweis

Friedrich Ani (* 7. Januar 1959, Kochel am See)
Die Geburt des Herrn J. Aus: *Maria, Mord und Mandelplätzchen.* Herausgegeben von Michelle Stöger. Copyright © 2011 by Knaur Taschenbuch. Ein Unternehmen der Droemerschen Verlagsanstalt, München

Simon Beckett (* 1968 in Sheffield, England)
Schneefall. Aus: *Tödliche Gaben. Die spannendsten Weihnachtskrimis.* Deutsche Übersetzung von Andree Hesse. Copyright © 2009 by Rowohlt Verlag GmbH, Reinbek bei Hamburg

Agatha Christie (15. September 1890, Torquay – 12. Januar 1976, Wallingford)
Aufregung an Weihnachten. Aus: Agatha Christie, *Solange es hell ist.* Copyright © 2009 by S. Fischer Verlag, Frankfurt

Åke Edwardson (* 10. März 1953, Vrigstad)
Frohe Weihnachten. Aus dem Schwedischen von Angelika Kutsch. Aus: *Tödliche Bescherung. Die spannendsten Weihnachtskrimis aus Skandinavien.* Copyright © 2006 by Rowohlt Verlag, Reinbek bei Hamburg

Sebastian Fitzek (* 13. Oktober 1971, Berlin, wo er auch lebt)
Der Frauenfänger. Aus: Andrea Maria Schenkel, *Weißer Schnee. Rotes Blut.* Herausgegeben von Andrea Maria Schenkel. Copyright © 2009 by Ullstein Buchverlage GmbH, Berlin

Donna Leon (* 28. September 1942, Montclair, New Jersey)
Commissario Brunettis Weihnachten. Aus dem Amerikanischen von Christa E. Seibicke. Auszug aus: Donna Leon, *Blutige Steine.* Copyright © 2006 by Diogenes Verlag, Zürich

Ingrid Noll (* 29. September 1935, Schanghai)
  Der Schneeball. Aus: Ingrid Noll, *Falsche Zungen*. Copyright © 2004 by Diogenes Verlag, Zürich
Andrea Maria Schenkel (* 21. März 1962, Regensburg)
  Lostage. Aus: *Weißer Schnee. Rotes Blut.* Herausgegeben von Andrea Maria Schenkel. Copyright © 2009 by Ullstein Buchverlage GmbH, Berlin
Henry Slesar (12. Juni 1927, New York – 2. April 2002, ebenda)
  Tod eines Weihnachtsmanns. Aus dem Amerikanischen von Jobst-Christian Rojahn. Aus: Henry Slesar, *Babyboom*. Copyright © 2002 by Diogenes Verlag, Zürich
Martin Walker (* 1947, Schottland)
  Bruno und Knecht Ruprecht. Aus dem Englischen von Michael Windgassen. Originalbeitrag für diese Anthologie. Copyright © 2012 by Diogenes Verlag, Zürich

*Bitte beachten Sie
auch die folgenden Seiten*

O *du schreckliche*

Kriminelle Weihnachtsgeschichten
Ausgewählt von Daniel Kampa

Das Fest der Liebe, die heilige Nacht? Weihnachten kann auch ganz anders sein: eine verbrecherische, sogar mörderische Angelegenheit. Schlimm für diejenigen, die es erwischt, und auch für jene, die, anstatt zu Hause zu feiern, in der Kälte ermitteln müssen. Aber gut für alle Leserinnen und Leser, die sich auf spannende und abwechslungsreiche Weihnachtsfälle gefasst machen können. So schreiben Ingrid Noll, Paul Auster oder Patricia Highsmith über die unschöne Angewohnheit, an Weihnachten nicht zu schenken, sondern zu stehlen, Henry Slesar erzählt von einem Mann, der in der Klemme steckt, weil er Weihnachten zu sehr liebt, Arthur Conan Doyle berichtet über die Verlegenheit, in einer Weihnachtsgans einen blauen Karfunkel zu finden, und P. D. James über das noch größere Ungemach, am Weihnachtsmorgen einen Toten in der Bibliothek zu entdecken.

»Dramatisch, überraschend, mysteriös – so triumphiert ein Weihnachtskrimi.«
Albini Zöllner / Berliner Zeitung

Ausgewählte Geschichten auch als
Diogenes Hörbuch erschienen, gelesen von
Uta Hallant, Hans Korte und Alice Schwarzer

Bücher zur Weihnacht im Diogenes Verlag

»Dann und wann empfand er das Bedürfnis, tief aufzuatmen, denn jetzt, da der Gesang, dieser glockenreine A-cappella-Gesang die Luft erfüllte, zog sein Herz sich in einem fast schmerzhaften Glück zusammen. Weihnachten…«
Thomas Mann, Weihnacht bei den Buddenbrooks

Alle Jahre wieder
Romantische Weihnachtsgeschichten. Herausgegeben von Daniel Keel und Daniel Kampa

Früher war mehr Lametta
Hinterhältige Weihnachtsgeschichten sowie acht Gedichte. Herausgegeben von Daniel Keel und Daniel Kampa
Auch als Diogenes Hörbuch erschienen, gelesen von Ingrid Noll, Martin Suter und Anna König

Früher war noch mehr Lametta
Hinterhältige Weihnachtsgeschichten sowie drei Gedichte. Herausgegeben von Daniel Kampa
Auch als Diogenes Hörbuch erschienen, gelesen von Anna König, Hans Korte, Martin Suter und Cordula Trantow

Früher war noch viel mehr Lametta
Hinterhältige Weihnachtsgeschichten. Ausgewählt von Daniel Kampa
Ausgewählte Geschichten auch als Diogenes Hörbuch erschienen, gelesen von Anna König und Jochen Striebeck

Früher war mehr Bescherung
Hinterhältige Weihnachtsgeschichten. Ausgewählt von Daniel Kampa

Früher war Weihnachten später
Hinterhältige Weihnachtsgeschichten. Ausgewählt von Daniel Kampa

Früher war Weihnachten viel später
Hinterhältige Weihnachtsgeschichten. Ausgewählt von Daniel Kampa

Lamettaleichen
Kriminelle Weihnachtsgeschichten. Ausgewählt von Daniel Kampa

Nicht schon wieder Weihnachten!
Hinterhältige Weihnachtsgeschichten sowie zwei Gedichte. Ausgewählt von Daniel Kampa

O du schreckliche…
Kriminelle Weihnachtsgeschichten. Ausgewählt von Daniel Kampa

Weißer Weihnachtszauber
Nostalgische Weihnachtsgeschichten. Ausgewählt von Daniel Kampa

Weihnachtsschmaus
Kulinarische Geschichten zum Fest. Ausgewählt von Daniel Kampa

Weihnachts-Detektive
Weihnachten mit Sherlock Holmes, Pater Brown, Kommissar Maigret, Albert Campion, Miss Marple, Hercule Poirot und Nero Wolfe

Kinder-Adventsbuch
Weihnachtsgeschichten für jeden Adventstag. Ausgewählt von Daniel Kampa

Weihnachten mit Loriot

Weihnachten mit Ringelnatz
Zusammengestellt von Daniel Kampa

Jean de Brunhoff
Babar und der Weihnachtsmann
Aus dem Französischen von Françoise Sérusciat-Brütt

Charles Dickens
Weihnachtslied
Eine Gespenstergeschichte. Aus dem Englischen von Melanie Walz. Mit Zeichnungen von Tatjana Haupmann und einem Essay von John Irving

Georges Simenon
Weihnachten mit Maigret
Roman. Aus dem Französischen von Hans-Joachim Hartstein
Auch als Diogenes Hörbuch erschienen, gelesen von Hans Korte

Tomi Ungerer
Achtung Weihnachten
Hinterhältige Weihnachtsgeschichten und -gedichte. Ausgewählt von Jan Sidney. Mit vielen Bildern von Tomi Ungerer

Außerdem erschienen:

René Goscinny & Jean-Jacques Sempé
Der kleine Nick freut sich auf Weihnachten
Fünf Geschichten aus den Bänden *Neues vom kleinen Nick* und *Der kleine Nick ist wieder da!*
Diogenes Hörbuch, 1 CD, gelesen von Rufus Beck

Die Bibel
Neues Testament
Weihnachten. Geburt und Kindheit Jesu
Diogenes Hörbuch, 1 CD, gelesen von Sven Görtz

Weihnachten mit Ingrid Noll
Diogenes Hörbuch, 1 CD, gelesen von Uta Hallant

Mit Gedichten durchs Jahr
Ein literarischer Kalender
mit 365 Gedichten

»Man soll alle Tage wenigstens ein gutes Gedicht lesen.«

Wer liest heute eigentlich noch Gedichte? Vielleicht sollten wir Goethes Ratschlag folgen und es jeden Tag mit wenigstens einem versuchen. *Mit Gedichten durchs Jahr* enthält 365 Gedichte von klassischen und zeitgenössischen Autoren, einige davon berühmt, andere regelrechte Fundstücke, aus den verschiedensten Epochen und Ländern über die unterschiedlichsten Themen. Gedichte können kleine, wundersame Pausen im Alltag sein, ein kurzes Innehalten oder ein tiefes Einatmen inmitten der Wirren des Tages. Mit Gedichten durchs Jahr – eine Einladung.

Mit Geschichten durchs Jahr
Ein literarischer Kalender
mit 365 Geschichten
Ausgewählt von Daniel Kampa

365 kurze Geschichten für jeden Tag des Jahres, Geschichten als literarische Kalenderblätter: zum Lesen nach dem Aufstehen oder im Bett, bevor man das Licht ausschaltet. Zum Lesen während der Fahrt zur Arbeit, beim Warten auf den Bus, als literarisches Dessert nach dem Essen oder als Verschnaufpause für Kopf und Seele zwischendurch.

Spannend, berührend, grotesk, phantastisch, tiefgründig, realistisch, märchenhaft, schockierend, raffiniert, melancholisch, vergnüglich, verträumt – so unterschiedlich die Geschichten in diesem prall gefüllten Band auch sind, immer sind sie knapp erzählt, nur einige Zeilen bis maximal fünf Seiten lang. 365 kleine Geschichten von über 250 großen Schriftstellern, von beliebten Klassikern und Bestsellerautoren.

»Ich glaube nicht, dass die Menschen je müde werden, Geschichten zu hören.« *Jorge Luis Borges*

Ingrid Noll
im Diogenes Verlag

»Sie ist voller Lebensklugheit, Menschenkenntnis und verarbeiteter Erfahrung. Sie will eine gute Geschichte gut erzählen, und das kann sie.«
Georg Hensel/Frankfurter Allgemeine Zeitung

Der Hahn ist tot
Roman

Die Häupter meiner Lieben
Roman

Die Apothekerin
Roman

Der Schweinepascha
in 15 Bildern. Illustriert von der Autorin

Kalt ist der Abendhauch
Roman

Röslein rot
Roman

Selige Witwen
Roman

Rabenbrüder
Roman

Falsche Zungen
Gesammelte Geschichten
Ausgewählte Geschichten auch als Diogenes Hörbücher erschienen: *Falsche Zungen*, gelesen von Cordula Trantow, sowie *Fisherman's Friend*, gelesen von Uta Hallant, Ursula Illert, Jochen Nix und Cordula Trantow

Ladylike
Roman
Auch als Diogenes Hörbuch erschienen, gelesen von Maria Becker

Kuckuckskind
Roman
Auch als Diogenes Hörbuch erschienen, gelesen von Franziska Pigulla

Ehrenwort
Roman
Auch als Diogenes Hörbuch erschienen, gelesen von Peter Fricke

Über Bord
Roman
Auch als Diogenes Hörbuch erschienen, gelesen von Uta Hallant

Außerdem erschienen:

Die Rosemarie-Hirte-Romane
Der Hahn ist tot /
Die Apothekerin
Ungekürzt gelesen von Silvia Jost
2 MP3-CD, Gesamtspieldauer
15 Stunden

Weihnachten mit Ingrid Noll
Sechs Geschichten
Diogenes Hörbuch, 1 CD, gelesen von Uta Hallant

Martin Walker
im Diogenes Verlag

Bruno
Chef de police

Roman. Aus dem Englischen
von Michael Windgassen

Bruno Courrèges – Polizist, Gourmet, Sporttrainer und begehrtester Junggeselle von Saint-Denis – wird an den Tatort eines Mordes gerufen. Ein algerischer Einwanderer, dessen Kinder in der Ortschaft wohnen, ist tot aufgefunden worden. Das Opfer ist ein Kriegsveteran, Träger des Croix de Guerre, und weil das Verbrechen offenbar rassistische Hintergründe hat, werden auch nationale Polizeibehörden eingeschaltet, die Bruno von den Ermittlungen ausschließen wollen. Doch der nutzt seine Ortskenntnisse und Beziehungen, ermittelt auf eigene Faust und deckt die weit in der Vergangenheit wurzelnden Ursachen des Verbrechens auf.

»Martin Walker hat mit Bruno einen großartigen Charakter geschaffen, den man beim Ermitteln genauso gerne begleitet wie beim Schlemmen! Dieser Flic macht Appetit auf mehr.« *Emotion, München*

Grand Cru
Der zweite Fall für Bruno,
Chef de police

Roman. Deutsch von Michael Windgassen

In vino veritas? Ja, aber manchmal ist die Wahrheit gut versteckt.
Ein geheimes Paradies auf Erden, das ist das Périgord. Oder vielmehr war, denn die Weinberge der Gegend sollen von einem amerikanischen Weinunternehmer aufgekauft werden. Es gärt im Tal, in den alten Freund- und Seilschaften, und in einem Weinfass findet man etwas völlig anderes als Wein – eine Leiche.

»Martin Walker hat schon viele Ideen für die nächsten Folgen. Spannend, lehrreich genug sind die *Brunos* allemal geschrieben. Und zumindest die beiden ersten erinnern uns in leuchtenden Farben daran, dass Gott in Frankreich wohnt. Wo sonst.«
Tilman Krause / Die Welt, Berlin

Auch als Diogenes Hörbuch erschienen,
gelesen von Johannes Steck

Schwarze Diamanten
Der dritte Fall für Bruno,
Chef de police
Roman. Deutsch von Michael Windgassen

Was haben Trüffeln mit Frankreichs Kolonialkrieg in Vietnam und mit chinesischen Triaden zu tun? Die Lösung von Bruno Courrèges' drittem Fall ist so tief vergraben wie die legendären schwarzen Diamanten unter den alten Eichen im Périgord – und genauso schwer zu finden.

»Der Autor schafft das Kunststück, den Fall in ein halbes Jahrhundert französischer Kulturgeschichte einzubetten und damit nicht nur spannend, sondern auch lehrreich zu erzählen.«
Manfred Papst/NZZ am Sonntag, Zürich

Auch als Diogenes Hörbuch erschienen,
gelesen von Johannes Steck

Schatten an der Wand
Roman. Deutsch von Michael Windgassen

Ein geheimnisvolles Fundstück landet auf dem Schreibtisch einer jungen Kunsthistorikerin in einem Londoner Auktionshaus: ein Stein mit einer Höhlenzeichnung darauf. Der stammt nicht, wie die junge Frau zuerst denkt, aus den Höhlen von Lascaux, sondern aus einer anderen Höhle im Périgord, in der während der Résistancezeit eine bis in die Gegenwart nachwirkende Gewalttat begangen wurde. Am Abend desselben Tages verschwindet das wertvolle Objekt aus dem Firmentresor.

»Ausgerechnet ein Schotte ist es, der das Périgord auf die literarische Weltkarte gesetzt hat: Martin Walker. Schon vor 17 000 Jahren schufen prähistorische Picassos dort Kunstwerke von atemberaubender Schönheit. ›Sixtinische Kapelle der Wandmalereien‹ nennen sie die Höhlen von Lascaux.« *Gerd Niewerth / WAZ, Essen*